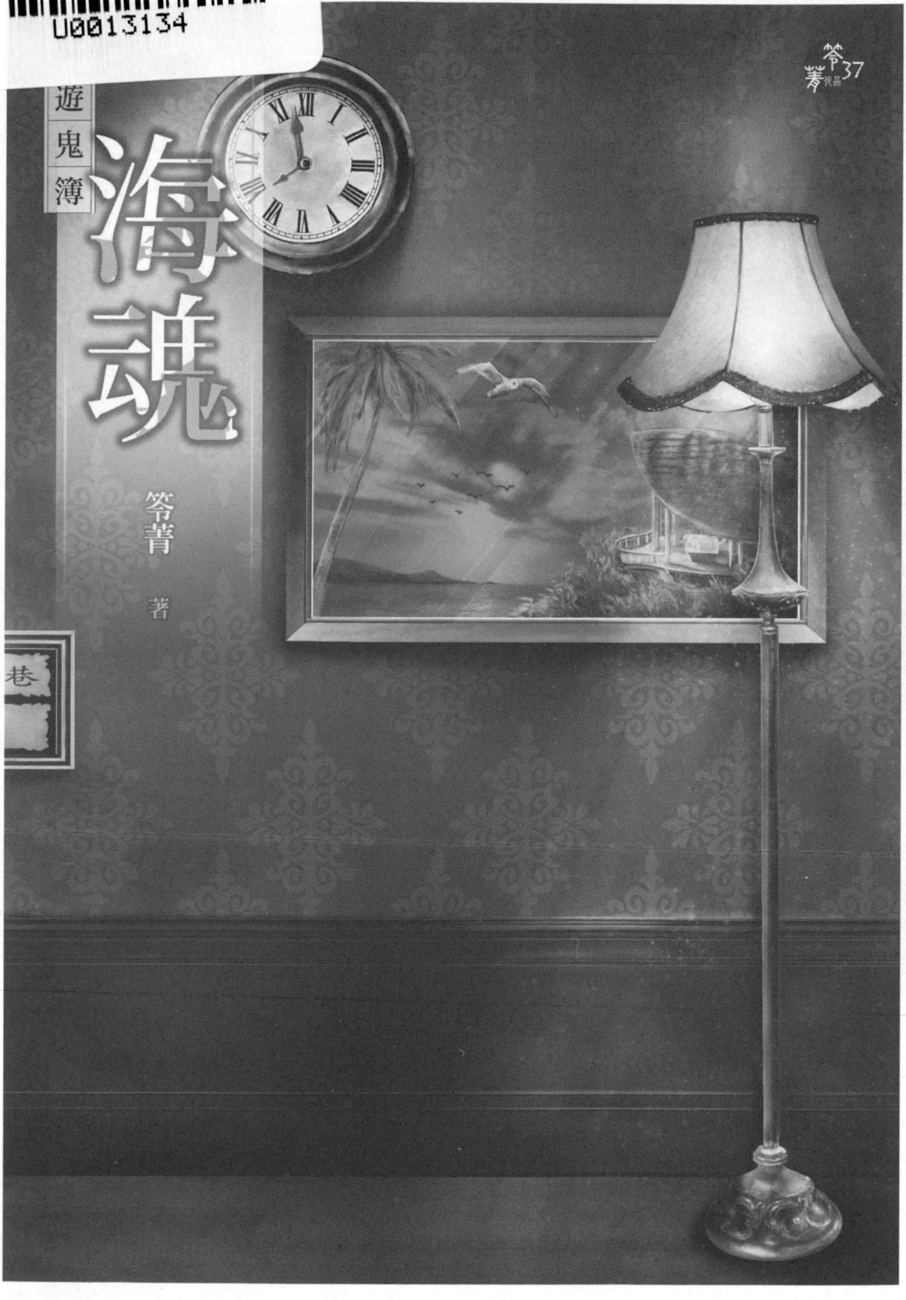
笭菁作品37
遊鬼簿
海魂
笭菁
著
巷

目錄

CONTENTS

異遊鬼簿：海魂

楔子

四周一片漆黑，伸手不見五指，她只能在毫無星光及明月的夜晚，摸黑前進。

燈籠呢？她剛剛還提著的……人呢，剛剛應該跟著她的人怎麼一個都不剩了？小夏到哪兒去了？

沙……沙……

有些細微的聲音傳來，她甚至不清楚那是海浪聲，還是撥動草叢的聲音。

「媽媽……」

有人扯住了她的裙襬！

她嚇得往下望，卻記得該摀住嘴，千萬不能叫出聲。

「媽媽呢？」有個女孩子，不知何時竟也站在草叢裡，緊緊拉著她的衣裳。

她瞪大了眼睛，望著那楚楚可憐的女孩，她知道……她懂那女孩的身影為什麼有些模糊，她懂她周圍泛出的光粒是什麼。

這個呼喊著媽媽的小女孩，並不是人類。

在這荒山野嶺中，若非不得已她也不會在這裡，這裡怎麼可能會有走失的小女孩呢？

更別說……這塊土地上，不該有任何生還者！

「媽媽呢？」小女孩皺起眉，好像對她的沒有回應感到有點不悅。

她緊摀著嘴，閉上雙眼，別過頭去，試圖不理睬的往前走！她拉緊自己的裙襬，用力扯離了小女孩的手，往另一個方向去。

只是才轉過身，又撞見另一個人高馬大，一樣泛著微微藍光的男人。

「妳要去哪裡？」他皺著眉，手裡拿著斧頭。「妳不是應該保護我們嗎？」

她瞪大了眼睛，發現在闃黑的草叢中，倏地出現點點藍光。

鬼影浮現，它們身上或插著箭、或被砍得肚破腸流、或是身首異處，全部塞滿她的視線範圍，哀鳴著。

她只有拚命的搖頭，淚水不停的被擠出來，全身不由得顫抖著。

抓著裙襬的小手又搖了搖她，「妳看！」

小女孩指向遠方，遠處火光衝天，點點火把照亮黑夜，隱約的，還可以聽見戰鼓聲。

「誰也不該闖入我們的家園。」執斧的男人低沉的咆哮著，「妳怎麼可以放任這種事情發生！」

不！不關她的事——從頭到尾明明就不關她的事！

鬼魂朝著她聚集而來，密集的向她湧來，它們質問著、它們怒吼著，她恐慌的不停顫抖，心裡想著的是小夏、想著的是那深愛她的男人——

「啊——」

「公主！」

第一章・巴東海灘

我跳開眼皮並驚坐起身時，發現四周一片嘈雜。

「到了喔！」身邊女孩的手還搭在我肩上，「妳好像作惡夢了？」

我狐疑的蹙起眉，往右手邊看去，飛機已經抵達機場，再緩緩的閉上雙眸，發現冷汗已濡濕了背部。

「謝謝，我沒事。」我微微一笑，鬆開安全帶扣。

經濟艙塞滿了人，大家正等著要離開，站滿了走道，這總是讓我莞爾，既然知道自己是最後的艙等，又何需迫不及待的起身呢？

所以我氣定神閒的坐著，看著外頭豔陽下的飛機及忙碌的地勤人員，腦子裡想著剛剛的夢。

這不是第一次作夢了。

從我尋回了「怒」的情緒後，便開始作著同樣的夢。夢裡的我穿著日本時代劇的服飾，在漆黑的森林裡走著，裙襬掃過許多長草，我甚至覺得草尖真的割到我的手。

同樣一個小女孩、同樣手執斧頭的男人，說著同樣的話。

而每一次我在夢裡都會無比的恐懼，想喊著兩個人的名字，最後彷彿聽見有人自遠方高喊著「公主」。

我總是在這時驚醒。

結果真的有人在呼喚我，炎亭，它會用枯瘦的指尖戳著我，叫我起床；偶爾是米粒，在中午小憩時拍醒我。

公主？有點荒唐的稱謂，但為什麼我總是作著同樣的夢？有什麼意義存在？我問過炎亭，它卻總是「啡啡啡」的笑著，一副明知卻不願回答的模樣，很令人惱怒。

「阿羅哈！」豔麗的女人穿著熱褲小可愛，忽地跳到我的面前。

我怔了怔，女人還在我頭上圈了一圈花圈。

「這裡又不是夏威夷……」

「喔，拜託！安，妳興奮一點行嗎？」美女勾住我的手，「這裡是度假天堂，普吉耶！」

「嗯嗯！」我拖著輕便的行李，跟著她往外走。「妳什麼時候到的啊？」

「三天前啊！我先來這兒度假！」她勾起一抹笑，姣好的臉龐與身段，引來不少目光。「而且現在是耶誕假期，外國帥哥超多！」

「哼，這是終極目的吧？」我淺笑，依照彤大姐的魅力，要釣一兩個帥哥倒不是問題。

「話說妳竟然沒帶帥哥來，一個人打算落單喔？」

「沒辦法，米粒臨時有工作，他得去拍雜誌。」我平淡的回應著，他本來就該以工作為重。

現在這個勾著我的高䠷女人，叫葛宇彤，是個豔冠群芳的大美人，她、米粒跟我之前在同一間公司工作，那時我們隸屬於某雜誌社的小組成員，感情還算融洽。

因為她是個正義感極度強烈的人，個性也很大剌剌，遇到事情總是直言不諱，只要有理，連老闆也不鳥，因此當時公司裡為她取了個「彤大姐」的綽號。

她跟我是相反的類型，因為我是那種冷漠處世的人，我不矯情也不合群，只是守著自己的崗位做事，對什麼八卦、聯誼或是人際關係並不擅長也沒興趣。

而且我有天生的缺陷——情感闕如。

我任何情緒都達不到極端，我不會興奮的大笑或是狂喜、也不會悲慟心碎，就連我家人飛機失事，我去認屍塊時，也只流下兩行清淚。

就算有人過分的羞辱我，我也不會氣到歇斯底里，因為我沒有極怒的情緒；身處在生死交關之際，我不會慌亂或是精神失常，因為我不懂得極端的恐懼。

這樣的我，還是在這個社會上過得相當好，而且我還有個類似的好友，一位迷人的模特兒及編輯同事——米粒，他跟我一樣淡然，但我知道他並非缺乏極端情感，他只是內斂。

他過去似乎經歷過些什麼，並不喜歡與人相處，雖是模特兒身分，卻不會張揚更不會炫耀，反而異常的穩重。

有他在身邊，總能讓自己安心。

在第一間公司時，我就跟米粒較親近，一開始只是泛泛之交，但後來我們員工旅遊去泰國，卻經歷了同事下降頭跟邪四面佛的生死劫。

整個旅遊唯有我們三人倖存，一名同事死亡，兩名同事下落不明；不過我們都知道那兩名下落不明的同事身在哪兒，只是沒有人會說出口。

回國後彤大姐很快找到新工作，在時尚雜誌當編輯，而我跟米粒則一同轉職到一家出版靈異小說的出版社工作。可能是時運不濟，碰上了許多複雜的事，在去香港開會時，先是被蠟像攻擊，而太平山夜景也沒看成，因為有同事從纜車上摔落身亡。

最後還被迫到了澳門，進入了爛鬼樓巷，親自遇上了所謂的「冥市」。

這次存活下來的只有我跟米粒。因為我們沒有貪念，也不會背叛任何人，加上我還有個小助手。

泰國一遭，有具「乾嬰屍」輾轉落到我手中，泰國養小鬼的最高境界，就是把小鬼移進這種乾嬰屍的身體裡，如果能浸在嬰屍油裡更棒！在我家這一具比較特別，它不是移靈進去的小鬼，它的屍身裡原本就保有靈魂。

我回到台灣，它也跟了過來，說跟我有緣分，得跟著我才行；我並不介意，因為老實說，這具乾嬰屍絕對比我之前的任何同事要好相處得多。

而且它也不需用血餵養，偏愛吃巧克力口味的玉米片，這真的讓我輕鬆很多。

我將乾嬰屍起名為「炎亭」，它是個四十公分高的嬰兒乾屍，有著鐵青色的肌膚與乾縮的肌肉，它說我之所以會情感闕如，是因為前世的我親自捨棄了感覺，將我的情緒佚失在世界各地，所以我必須旅遊。

在泰國時，我尋回了悲傷，哭到肝腸寸斷；從港澳歸來後我尋回了憤怒，曾在家裡歇斯底里罵了一星期未歇。

我只剩下恐懼與喜樂未足，也就是這樣，彤大姐邀我到普吉度假，我二話不說就答應了。

彤大姐抽中了普吉的旅遊，兩人同行一人免費，所以她邀我一起玩，原本也邀米粒一起，只可惜他臨時有模特兒的工作。

我跟米粒目前都待業中，但他有模特兒的工作可以應付生活，我則開始試著成為自由作家。

與人相處太難也太累，連著兩間公司都遇上典型的同事，我實在對於應付人際關係興趣缺缺。

「不是已經有優惠券了，妳提早來普吉幹嘛？」我狐疑的問著彤大姐。此時，她已經曬成一身古銅色。

「悠閒的度假啊！妳以為五天四夜就夠啊？」她回首對我燦爛一笑，「我可是準備了十四天的假，要度個過癮！」

十四天……噢，自費的三天加上優惠的五天，她回到台灣還有六天可以慢慢休息。

走出機場外頭，看見了黝黑的男人，正對著彤大姐招手。

「嗨！這就是妳說的好朋友啊？」男人笑咪咪的看著我，咧出一口白牙。「哈囉！我叫菲力！」

「嗨！」我禮貌的跟他握手。

「他是我們的地陪啦，有事情、想觀光都可以找他！」菲力已經為我拖走行李，「我們都住在度假村裡，所以要出門得靠他。」

「我倒是可以都窩在度假村裡。」我是認真的，讓我發呆二十四小時都無妨。

我們到了一輛廂型車附近，外頭站了幾個人，我一眼就認出其中一位，正是今天坐在我身邊的女孩。

「啊——」她也一臉吃驚的指著我，「妳也是抽中旅遊的人啊！」

我不語，只是轉向彤大姐。

「嗯！我抽中的，不是兩人同行嗎？」彤大姐婀娜的站在車邊，連女孩子都在打量她。

「我們也是耶！真巧！」那個女孩興奮的說著，「我叫娃娃！妳呢？」

「安。」彤大姐知道我不擅應付這種過度熱絡的場面，「我呢，叫我彤大姐就可以了。」

「哈！彤大姐！好有趣的外號！」娃娃拉過身邊的文靜女生，「她是我麻吉，叫樂樂喔！」

娃娃是個綁著丸子頭的女孩，而她帶來的伴則是高職的同窗好友加現任同事樂樂，是個很乖巧的女生，留著半長髮，跟娃娃的個性相反。

「妳們好。」樂樂很有禮貌的彎腰，像日本人的打招呼方式。

「妳們在日本料理店工作嗎？」我不自覺的問了。

「咦咦？好厲害喔！妳怎麼知道？」娃娃用一種高分貝的誇張聲音喊著。

「她。」我指了指樂樂，別說是文化不同，現在的人誰會這麼有禮貌的打招呼？通常都是像娃娃這一種，假裝熱絡的隨口說說，但熱情有餘，禮貌不足。

「對啊，我們在一家日式燒烤店工作，從高職就打工到現在呢！」娃娃興奮的勾過樂樂的手，感覺很親密。

「餐飲業有辦法請那麼長的假喔？不錯嘛！」彤大姐也曾跑過餐飲新聞，對當中的文化知之甚詳。

「因為我要升店長嘍！」娃娃兩手高舉，歡呼起來。「老闆特地先放我假，回去後就是另一波艱辛挑戰啦！」

「哇！店長啊？妳幾歲？」無怪乎彤大姐瞠目結舌，因為娃娃年紀看起來太小了。

「二十二！」娃娃露出自豪的笑容。

而她身邊的樂樂，卻掠過一絲冷漠的神色。

「所以兩個人一起出來慶祝？真好！」彤大姐也看了我一眼，「我也是跟好朋友一起出來玩呢！」

「對呀！我請老闆一起讓樂樂放假，讓我們一起玩！」娃娃搭過樂樂的肩頭，像兩個國中小女生般親暱。「而且全程都我請樂樂！」

「這麼大方？」彤大姐挑了眉，她不認為店長薪水能有多少，就算抽中一人免費的旅遊券，也不至於這麼海派吧？

「這是應該的！當初要不是樂樂介紹，我才不可能進那間店、也不可能當店長啊！」娃娃的心情雀躍，也感染了彤大姐。

但是，興奮愉悅的似乎只有娃娃一個人。

被她摟著的樂樂表情僵硬，硬擠出笑容，眼神飄忽，一點都見不到為朋友喜悅的模樣。

或許同為好友，對於為什麼是娃娃被選為店長，感到有點不平吧？這是很正常的嫉妒心態，尤其對方偏偏是自己介紹進去的好友時，那口氣更加嚥不下吧？

果不其然，沒多久樂樂就說很熱，想要先進車子裡，而娃娃跟彤大姐聊得很開心，菲力則在一邊張望，看來還要等人。

「還有幾個人？」我在四周走動，不想太快進車子裡坐。

「啊？兩個兩個！」菲力說話有點腔調，但是聽起來倒挺有趣的。「妳們是抽獎抽中的喔？」

「嗯。」我淡淡回應，「全部都是嗎？」

「對對，都同一家出來的。」菲力笑得很陽光，「很棒呢，你們是幸運兒。」

我還是只有微笑，我不喜歡跟陌生人太過熱絡，因為我們根本都不熟，不需要過多攀談。

遠遠的終於又看到有人來了，是一對情人，菲力立刻上前去招呼幫忙。

迎面而來的是個女生，有點兒胖、滿臉是斑，戴副老成的眼鏡，不過她身邊的男人就非常的出色！他有不輸給米粒的俊美外貌，多了分性感狂野，是個惹人注目的人。

他安靜的站在女人身邊，多瞥了我一眼。

「哈囉！」女人開口打了招呼，聲音超級好聽。「Sorry～讓大家久等了！我等行李等好久喔！」

「不會啦！我們也才剛到。」彤大姐立刻為他們找台階下。

然後她轉向菲力，啪啦啪啦的說了一大堆流利到不行的英文，讓所有人瞠目結舌。

「哇塞！妳外國人喔？」娃娃立刻發問，「妳講英文好像外國人喔！」

「啊？沒有啦！我是英文老師！」她有點不好意思的笑了起來，「不過我的發音很正確倒是真的！」

「好棒喔！妳在哪間學校教啊？」

「我是補習班的老師，我沒有在學校任教喔！」我這才發現，她雖然沒有十分出色的外表，但是笑起來卻給人非常親切的感覺。

「我當初英文給妳教的話，可能就不一樣了！」娃娃很認真的點頭，聽得出來她英文應該不夠好。「那妳叫什麼名字啊？」

「呵呵……我叫潔西！」潔西拉過身邊的帥哥，「他是我未婚夫，叫 Remy ！」

「未婚夫啊……」彤大姐的口吻裡有明顯的失望，「已經訂婚嘍？」

「是啊！我們上個月訂婚了！這次是我抽到旅遊，就跟他一起來過耶誕了！」

潔西說的時候，臉色微微赧紅。

我看著那位Remy，年紀感覺比潔西小不少，不過我不愛八卦，所以逕自上了車；菲力也請大家都上車，然後車內喧鬧得不得了，娃娃追著潔西好奇的問了一堆八卦。

原來潔西二十有七，而Remy才二十一歲，他們不諱言是師生戀，潔西以前是他的家教，走了六年之久。

我注意到彤大姐眼神一直放在Remy身上。

「喂，人家的未婚夫。」我找了機會，低聲跟她勸說。

「啊？」她疑惑的看著我，然後露出一副驚愕的樣子。「拜託！我是那種奪人所愛的人嗎？」

我聳肩，這我可不知道。

「拜託！我的行情好得很，倒不需要去……」彤大姐突然沉吟了一下，「不過如果他主動接近我，妳就沒話說了吧？」

「喂。」我嘆口氣。

車子終於發動了，冬季的普吉依然非常炎熱，幸好車子的冷氣夠強，菲力說還有另一組是六人家庭，聽說是父親抽中，就乾脆帶全家一起來玩，小巴不夠大，菲力已經先用另一輛車載走了。

我們是最後一批，人總算到齊，車子在路上奔馳，一路前往所屬的度假村，位在巴東海灘的塔灣度假酒店。

在車上時，菲力開始熱情的自我介紹，他是華裔人士，所以精通國台語；然後簡單的介紹普吉島的風光及人文，最後才提到美麗的巴東海灘；那是個度假聖地，藍天白雲加上湛藍的大海，每年都吸引上千萬的旅客前往度假，尤其是耶誕假期，歐美旅客來這兒住上一兩個星期的都大有人在。

「二〇〇四年的南亞大海嘯就是在耶誕後發生的，所以，才會造成那麼大的傷害。」菲力說到這兒，聲音有點沉。「整個巴東海灘，瞬間都失去了美麗。」

「我知道！那時新聞有播，好可怕喔！」娃娃很興奮的接話，「整個沙灘都是屍體，聽說還有小木屋是直接整個不見的！」

「嗯，是啊！不過幸好已經重建了，也沒有發生傳染病，現在的巴東海灘又恢復以前的美麗了。」他用力的點頭，可是我在他眼神中瞧見了一抹悲哀。「所以大家才可以住在風光最美麗的小木屋喔！」

「小木屋？」潔西嚇了一跳，「我們是住在小木屋嗎？」

「是啊！」菲力豎起大拇指，「是最靠近海的小木屋，那兒自成一區，剛好就是給這次抽獎的嘉賓住的！」

「哇！好棒喔！我還以為我們是住在飯店裡耶！」娃娃跟著歡呼，車內再度熱絡起來。

我皺起眉，不由得拉了拉彤大姐，話說回來，我還不知道這是哪個單位辦的抽獎，怎麼這麼大手筆？不但招待五天四夜的一人旅行，還能讓我們住在所費不貲的小木屋？

我才一問完，彤大姐就面有難色的咬了咬唇，然後跟我比了一個「噓」。

我不可思議的望向她，「噓」是什麼意思？這應該是正當的旅遊吧，她怎麼會露出一臉好像很為難的樣子？

「還有什麼問題嗎？統統可以問我喔！」菲力轉過頭來，趴著跟大家說。

「有！」娃娃果然第一個舉手，「你單身嗎？」

「啊？哈哈哈！我單身！」菲力這麼說，但是擱在我面前的左手，卻戴著戒指。

車子終於開進度假村裡，直接往右邊的岔路去，那兒有炊煙升起，等我們抵達時，先到的那戶人家已經在生火準備烤肉了，動作真是迅速。

誠如菲力所言，我們住的這一區，的確美得令人嘆為觀止。

整個大沙灘上只有四棟小木屋，每一間都是六人房，小木屋前方設有石桌跟烤肉區，正後方是高大的樹，入口的尾端有一些草叢及樹木延伸，剩下的就是一望無垠的白沙灘。

浪花打上偌大的海灘，一下車就能聞到海水味，我只要往前奔跑，很快就可以觸及冰涼清澈的海水。

木屋間都有距離，我不得不說，這真的是非常讓人滿意的住所。

菲力跟我們宣布了注意事項，比如：下水要小心，浮潛設備哪兒拿、他的電話跟房號是多少，忘記可請櫃檯轉接……這類事情；接著將鑰匙給我們後，眾人便興高采烈的往自個兒的小木屋去。

「走吧！安！」彤大姐早就住在這兒好幾天了，她主動為我拖走行李。

我站在沙灘上，跟我們是鄰居的家族正熱鬧的生火，他們的成員是一對夫妻、一個青春期的女兒，還有一對年幼的女娃兒被安置在小推車裡，大人們忙著烤度假村送來的新鮮海鮮與肉片，還有個男性成員正泡在海裡，說要抓尾魚，等會兒現烤現吃。

「很美吧！」菲力從那兒繞過來，看見我還站在沙灘上。

「嗯，波瀾壯闊，這裡果然非常漂亮。」我望著碧海藍天，有種隨時會被吸進去的感覺。

「是啊，很難想像，這裡也曾經是地獄。」菲力的眼神茫然，幽幽說出了頹然的話。

「地獄？」如果地獄能有如此風光，我想爭先恐後想下地獄的人必然不少。

「是啊，五年前這裡簡直是人間地獄！」菲力指著這一大片純白的海灘說著，「滿滿的都是屍體，根本塞都塞不下，幸運的被浪打上來、被撈起來，就扔在一邊發臭……」又指了指樹上，「樹上更慘，很多人被海嘯捲走時已經死了，就掛在樹上；有些孩子直接被樹枝穿插而過，就插在上頭，光把他們帶下來就費了一番工夫。」

隨著菲力的話語，我腦海裡竟也勾勒出畫面，哀鴻遍野的白色沙灘上被染上了紅色，一具具屍首相疊著，在陽光下曝曬；救護人員穿梭其間，家屬掩著口鼻、忍著惡臭，在沙灘上來回梭巡，生要見人、死要見屍。

那時不會見到什麼純白的白沙，看到的只有髒亂紛沓的腳印、成山的屍堆、破碎的屍塊、暗紅色的血水、數不清的擔架與白布；不遠處會設定一個焚燒站，將屍體先行火化，以避免爆發傳染疾病。

屍體燒不完，焚燒上天的白煙不止，而不幸的是，還有更多的屍體沉在大海底，無處可尋。

地獄，我可以清楚的想見，那真的就是人間地獄。

「你當時在現場嗎？」我問，因為他的眼神很悲涼。

「嗯。」他緩緩的點頭，「我來這裡……找人。」

出乎意料的答案，我以為他是可以幫忙的一份子，但竟然是找人……可是這就代表，他或許有親人喪生在那次的海嘯當中。

「你說你單身，可是戴著婚戒，跟你找的人有關嗎？」我不知道自己為什麼會追問那麼多，但卻覺得不問不行。

菲力明顯一怔，很沉重的看了我一眼，然後低首摸了摸自己的戒指。

「我的老婆跟孩子，那時都在這裡……她是這個度假村的員工，孩子還小，總是帶著一起工作，那個時間，是她來這裡送早餐。」菲力重重的嘆了一口氣，「住這裡的都是外國人、出手很大方，我妻子因為表現良好才能負責小木屋的工作……

可是也就是這樣，他們才會遇到海嘯。」

「有找到嗎？」聽起來，他是一個好人，即使妻小已身亡，還是不願拔下婚戒。

「找不到。」菲力指向身後四棟小木屋，「那時這裡連片木板都沒剩下，後頭的樹也都被捲走了，哪能找得到什麼。」

我不由得側首看去，眼下一片祥和寧靜，小木屋在陽光下顯得特別耀眼，想像當初那滿目瘡痍的模樣，真是令人難受。

菲力雙眼一直盯著正在烤肉的一家人，少女嘻笑聲傳來，父親正在教她烤肉，母親在一旁烤魚，海裡有個悠游的身影，他們看起來非常開心。

或許這種幸福畫面，在菲力眼裡看來卻讓他格外感到淒涼吧。

我拍了拍他，說不出什麼安慰的話，許多安慰的話語都只是空談，因為實際發生的是：菲力的妻兒都已經往生，說再多也是枉然。

「我想，逝去的人不會希望親人難受。」這是我所能想到的話。

「我好希望他們那時不要在這裡……」菲力緊咬著唇，我幾乎沒看過男人掉淚。

「不過即使他們在裡面，當時也是一起被捲走。」

是啊，那場驚天動地的海嘯，連在房內睡著的旅客可能都不知道發生什麼事，瞬間就失去了生命。

「沒關係，我相信他們在某個地方、或是另一個世界一定活得好好的。」他突然拭去眼角的淚水，這麼說著。

「嗯。」能這樣想總比鬱鬱寡歡好。

「有機會的話，我想他們會回來找我的。」他幽幽的說著，「在大海喪生的人，都會想要回到陸地上來。」

我狐疑的瞥了他一眼，然後看著滾滾浪濤，思考著他的話語。

大海吞噬掉多少生命，自古至今，有沉船、有暴風、有海盜、有天災如海嘯，我相信所謂孕育萬物的大海裡有著數不清的屍體，而這些靈魂，都想要回陸地上來？

菲力沒有找到妻兒的屍體，所以他會這麼想。

但是我卻覺得這樣的說法，竟然對極了！如果有一天我也沉入大海，我也會想要回家，我希望屍首浮上來，回到故土。

「啊！抱歉，跟妳說這個！」菲力忽然一展笑顏，尷尬的搔搔頭。「別被我影響了，好好玩啊！」

「嗯。」我還是只有點頭，「要出去玩的話提前跟你說嗎？」

「出去玩？喔，對啊，再跟我說！」菲力有幾秒鐘的猶豫，「不過這裡這麼美，我想你們應該捨不得離開啦！過兩天再說！」

「謝謝。」我倒是很吃驚，如果我們不找他出去，他的小費怎麼來？竟然有婉轉推辭掉行程的地陪，這真讓我驚訝。

他又往前走去，再度跟那家人聊天，然後到小木屋外的陽台下繞了幾圈，像是在檢查什麼似的；接著到每間小木屋去敲門，多是詢問裡面有沒有設備壞掉，然後檢查四周，一直到四間小木屋都檢查完畢，才跟我們揮手道別。

「好好玩啊！」他大聲喊著，便上車離去。

我一時還不想進屋內，這風光無限好，我們才十幾個人就能獨佔這片海灘，怎能不叫人興奮？

我隻身走向海，那一家子跟我打招呼，海裡的男生正好起來，他穿的是專業潛水衣，看來是個能手。

浪花滔滔，不停拍打著沙岸，普吉的沙是純粹的白色，跟台灣的白沙完全不一樣，不黃、不髒，而是純淨的白色。

我拿出手機，在向陽的小木屋前自拍了一張，決定傳給米粒，附上我的祝福，還有代表：我平安抵達了。

被這波瀾壯闊的景色吸引，我忍不住往前走去，黏濕的風吹拂在我臉上，興起我想一觸海水的衝動。

我微笑著低首，再蹲下身子看著拍擊上岸的浪花，浪花一樣雪白，但是，我在浪花裡，彷彿看見了一隻手。

第二章・木屋裡

一隻跟沙灘同樣死白的手，像躲藏在浪花裡，趁著它拍打上岸時，那隻手緊抓住沙灘，彷彿使勁的想要爬上岸來！

浪潮一退，那隻手的五指不甘願的死扣著沙灘，卻又被大海硬生生的拖回去，在淨白沙灘上留下了五爪痕跡。

有人說，因海而亡的屍體幾乎是尋不著的，他們沒有歸處，所以靈魂只能藉著海浪每一次拍打上陸地的瞬間，爭相擠著上岸，意圖歸返溫暖的家園。

每一次的浪花裡，都藏捲著數不盡的鬼魂。

我蹲下身子，已經不相信眼花這回事，我眼前的那片沙灘上，的的確確有著五道抓痕，一路往海的方向延伸。

「啪」的又一陣浪花打上，將那不甘心的痕跡沖散。

我決定再一次仔細的看向朵朵浪花，看著它們前仆後繼，我也瞧清楚了在白色的浪花裡，包藏的不只是手，還有猙獰的臉龐。

又一波浪湧來，差一點就碰觸到我的腳，那伸長的手往前伸，我急忙的向後跳開。

我開始質疑有人在海邊被捲走，到底是被浪花，還是被那些藏在浪裡的東西抓去？

幾乎不假思索的，我猛然回身，直直朝著我跟彤大姐的木屋而去。

「葛宇彤！」我氣急敗壞的衝進小木屋裡，「這個中獎旅遊到底是什麼東西！」門口一進去沒幾步就有一張大桌子，彤大姐正站在桌邊，手裡還拿著可樂，用一種很錯愕的眼神瞪著我；眨了眨眼，說了很小聲的「哇～」，然後繼續灌著她的可樂。

「對喔，妳說妳找回怒氣了。」她還有時間笑。「我之前都沒聽過妳這麼大聲說話。」

「重點。」我沒好氣的看著她。

「我出版社安排的抽獎，我也沒辦法啊，老闆派了個鳥差事給我，要我假裝中獎人來這裡採訪。」彤大姐一臉無奈，走到冰箱邊。「可樂？」

「嗯。」我點了頭，「採訪什麼？這裡誰需要用到採訪這個詞？那一家人？娃娃？還是潔西？」我實在想不到誰跟「時尚」連得上關係。

「No……No！都不是。」彤大姐為我打開可樂，走到我身邊。「是這個地方。」

「這個地方？」我不可思議的重複著，開始有非常非常不好的預感。

「這個區域、這些小木屋、這片沙灘。」彤大姐一一贅述，「反正就這五天四夜發生的所有事我都得記錄、拍照，寫成報導。」

「報導？妳不是在時尚雜誌嗎？要寫旅遊報導？」

「啊？哎呀，我沒跟妳提過嗎？」彤大姐一臉疑惑，「我換工作了啊。」

「妳……又換工作了？」我當然沒什麼資格這樣說彤大姐，說起來她自從離開第一間雜誌社後，撐得比我還久，因為我的第二份工作做不到三個月。

公司都燒掉了，我應該沒有再待下去的必要吧？

「對啊，時尚圈好無聊。」滿是時尚風味的彤大姐竟然這麼說，「妳不知道裡頭鬥爭得多嚴重！」

「這就是工作。」我不以為然，到哪兒都一樣。

從學校到社會，哪兒不是競爭，哪兒不是鬥爭？只不過是小與大、技巧的高低罷了。

「妳知道我的，我沒那個性子跟那些女人耗，老闆覺得我人美、身材好、時尚味足，就給了我一個專欄，緊接著我只是出了點小事就被攻擊得體無完膚。」彤大姐說得很自然，彷彿在講別人家的事。

我側了頭，表示我也注意在聽。

「有一天開會，那期銷售量超差，大家就把矛頭指向我，說是我那個專欄做得差，影響銷售量……當場就吵了起來，緊接著我去洗手間時，有個同事還公然指著我說，別以為新人可以踩在她頭上。」彤大姐無奈的噘起嘴，嘆了口氣。「害我一時火大，直接甩了她兩巴掌，再把她踹進廁所裡。」

我可以想像，我從來沒說她是那種溫柔可人的小女人，在泰國本島時，她可是手持雨傘就能把活屍頭打斷的彤大姐呢。

「接著我衝回會議室，喊聲『老娘不幹了』，東西收了我就離職啦！」她還擊了掌，很瀟灑的喝著未竟的可樂。

「我必須說，在這金融風暴中妳敢這樣離職，滿有種的。」而且明明前景不差，至少受到器用。「不過妳現在的工作到底是什麼？」

「嘿……」只見彤大姐興高采烈的跑到一旁拿包包，把精緻的名片自盒子裡拿出來。「請多指教！」

我蹙眉，接過名片，全黑的名片上是慘白的字樣「真相雜誌社」，下頭是「責任編輯葛宇彤」。

「真相？」我怎麼想，都不覺得今天這幫人跟政治有關係。「有人是某個政治人物的情婦嗎？」

「啊？拜託，我對政治又沒興趣。」彤大姐哈哈大笑起來，「是靈異雜誌社啦。」

靈異？我瞪大了眼睛，彤大姐跑去靈異雜誌社做什麼？

「所以說……」我不由得環顧四周，「這個地方，妳說的這片海灘、這個木屋……」

「一直有人傳聞這裡鬧鬼鬧得很凶，也有人度假不安寧、出意外。喔，還有照片拍到飄浮的白光。」彤大姐邊說，還很認真的從大皮包裡拿出一個資料夾。「我都有帶，老闆說我上頭所有的角度都得拍一次。」

我快暈倒了，彤大姐竟然邀我來參加這種團？

「外面那票人……知道嗎？這是試膽大會？」我壓低了聲音，事實上比較接近低吼。

「哎喲，無緣無故做什麼試膽？米粒不是說過，試膽是最要不得的禁忌？」她還好整以暇的把一張張照片都放在桌上，「他們是真的被抽中的幸運兒啊，只有我們不是。」

我有點無力，頹然的坐上長方桌的另一端，我知道我已經懂得生氣了，但不知為什麼就是沒辦法對彤大姐發火：看著桌上擺放著一張張模糊或是什麼影子亂飛的照片，我真想知道她的腦子在想什麼。

「妳認為這裡鬧鬼的傳聞是為什麼？」

「嗯？當然是因為五年前的海嘯啊。」彤大姐說得眉開眼笑，完全無畏懼之態。

「天哪，既然這樣，妳為什麼還要接這個 Case？不，我應該問妳為什麼會進這種雜誌社！」我實在忍不住胸口一團火，「難道妳忘了四面佛的事嗎？」

彤大姐托著腮凝視著我，嘴角勾著淺淺的笑容，那媚眼裡含著笑意，纖指勾起其中一張照片瞧。

「這是工作，安，我是個很敬業的人。」她揮動著照片，「而且在泰國時是被我們認識的人下降頭，這裡沒有人認識我啊。」

「所以？」

「所以我為什麼要怕？我行得端坐得正，就算真的有鬼，我有什麼好怕？」她把照片扔到我面前，「而且我不相信這裡的傳聞，我進的是真相雜誌社，專門揭露『無稽之談』。」

我看著扔到我面前的照片，那是一群笑得很燦爛的學生，他們身後正施放煙火，有抹白影飄在他們面前，像是霧或雲，只是它有著清晰可見的五官罷了。

我皺著眉盯著那團陰惻惻的人臉，那是個男人……我禁不住的將照片拿起來仔細端詳，怎麼看都不像是曝光過度。

因為，照片裡的眼珠向上瞟，看向了我。

「曝光過度。」對面的彤大姐，依然這樣認為。「還是妳有看見什麼？」

那白霧中的男人眼珠子向上吊，盯著我不放，他的嘴巴開闔，似乎想說些什麼……但是從他的神情看起來，他並不是很歡迎我。

「彤大姐，妳為什麼找我來這種團？」我放下照片，很凝重的問她。

我不想相信彤大姐會是那種利用我的人，她應該是熱心的彤大姐，不該會為了報導或是工作，拖我下水。

因為知道我看得見、因為知道我有炎亭、因為知道或許我有解決的辦法——天曉得每一次的死裡逃生，都是僥倖啊！

「因為……」她凝視著我的雙眼，勾起了一抹笑——「這是免費的啊。」

啊？我錯愕極了。

「拜託，安，完全免費耶！我的錢本來公司就會出了，我當然要找個伴，我沒事找同事做什麼，當然找好友啊！公司也答應會負擔妳的費用了呢。」彤大姐露出一臉喜出望外，「而且那死小孩不是說妳的情感佚失在世界各地？那就試試這裡嘛，說不定能意外被妳找到。」

我有點無言，彤大姐果然依舊是彤大姐。

她單純因為這是免費旅遊，又顧及我需要到世界各地去找回失落的情緒，便義氣的想起待業中的我！我失笑出聲，覺得自己真過分，竟然以小人之心度君子之腹。

「笑啥？不必感謝我啦。」彤大姐爽朗的拍了拍我的手，「不過妳可得要幫我一個忙。」

「什麼？」我搖了搖頭，依然是滿滿的無奈。

「萬一看到好兄弟，千萬不要跟我說。」她非常認真的看著我。

我瞠目結舌的望著她，她並不是找我來幫她認鬼的……

「妳不是來這裡探索真相的嗎？」我的聲音變得有點緊，我知道。

「我眼睛裡的真相，不是妳眼睛裡的。」她心情愉悅的將一張張照片收起，我把那依然瞪著我的男人照片遞還給她，聽著她說著哪張曝光過度、哪張造假、哪張是光影錯覺。

我不知道該不該跟她說，她的身後，正站著一個面目全非的女人。

※　※　※

2009.12.24 耶誕夜

今晚，我跟彤大姐一起去酒吧瘋，老實說她比較興奮，喝了好幾輪酒，也跟幾個外國帥哥聊得很開心，我則是坐在角落裡吃我的美食，當然也喝了一些酒；有幾個人來搭訕，不過他們再熱情也不敵我的冷漠。

我沒有交朋友的興趣，我只是坐在這裡，盡可能維持我的低調；我一直都是這樣處世的，沒有人會注意到我，也沒有存在感，當有一天我突然消失時，也不會有人覺得奇怪。

不得不說，外國人對耶誕節非常重視，整個酒吧都非常歡樂，我並不討厭，所以我依然靜靜的坐在角落，聽著此起彼落的「MERRY X'MAS」；稍晚我已經很疲累了，但是我怕彤大姐醉倒，我得護送她回去。

一切正如我所預料，她喝得太多了，才在舞池裡跌一跤，湧上來的男士何其多，每個都自願幫忙！所以我趕緊出面將她攙起，離開酒吧，並請專門的接送車子送我們回去。

我們的海灘是尊貴且獨一無二的，在這個度假村裡，唯有這區小木屋是離群索居，出入都需要接送。唯有一條路進出，連要走進這一區前頭都有守衛室。

我拖著彤大姐下車時，司機還幫我把她放進小木屋裡，然後白著一張臉，逃難似的離開，我連小費都來不及給。

其實站在門外就能知道，夜晚的海灘寂靜得很可怕。

除了沙沙的浪潮聲外，幾乎聽不見別的聲音——如果扣掉那些哭喊聲的話。

成千上萬的哀號聲自四面八方襲來，它們好像包裹在浪裡、在樹梢，在整片沙灘上，男女老少的聲音都有，都在哀鳴，喊著好痛、喊著救命。

我無法選擇聽不見，所以我選擇「假裝聽不見」。

我還注意到其他小木屋的燈是亮著的，這讓我狐疑，因為我離開大廳時，不管是娃娃跟她朋友，或是潔西那對情人，抑或是那一家子，全部都還在酒吧那兒互送禮物。

當然，我盡量想像是他們刻意點著燈，可是這樣又很難解釋，因為供電系統是需要鑰匙的。

更令人費解的是，窗邊有人影。

我選擇回到自己的小木屋，把門窗關好，然後看顧醉到囈語連連的彤大姐，並且很認真的尋找下午那個面目全非的女人；她只出現一下子，身影就隱沒在樓梯下方，我卻對她的臉龐印象深刻，因為那像是被礁石撞毀的容貌。

出門前，炎亭遞給我一張紙，它說只要心有疑慮，就可以把紙張打開；我還笑它三國演義看太多，難不成還給了我錦囊妙計？

但是現在，我非常希望那是錦囊妙計。我拿出皮夾，把炎亭出門前塞給我的紙條拿出來，上面只有簡單的一個數字：

26

我停下筆，瞪著日記邊的紙條，實在寫不下去。

炎亭莫名其妙留下一個數字給我，彷彿猜燈謎般，為什麼它就不能把話說清楚？每次都這樣。

這裡有問題，不需要米粒的敏感度我都能發現，光外頭那正沙沙作響的海就大有問題，裡頭捲著無以計數的鬼魂，大白天就掙扎著想爬上岸，現在是晚上，外頭的哀號聲不絕於耳。

這裡曾經發生過可怕的南亞大海嘯，死傷不計其數，那時新聞報導屍體擺滿了寬大且綿延的海岸線，光是印尼就死了二十萬人。

而普吉島的巴東海灘呢？更是死傷慘重，濱海的旅客幾乎沒有任何倖存者，誠如菲力下午所述。

海嘯是如此驚人，而且臨近海的這四棟小木屋，在五年前的海嘯後，連殘骸都沒剩下。

鏗！廚房裡突然傳來巨響，嚇得我跳了起來。

我們住的小木屋相當寬敞，有兩層樓高，屬於樓中樓設計。一樓的客廳與餐桌結合，另有廚房及衛浴設備外，還有一張大床；二樓則是兩張大床，而廚房在角落的凹陷處，傳來金屬物掉落的聲音。

我深吸了一口氣，瞥了一眼在大床上睡沉的彤大姐，還是邁開步伐往廚房走去。

不需開燈，我就知道是什麼東西掉下來了。

藉著窗戶透進的慘淡燈光，我看見一支湯勺躺在靠近瓦斯爐的地板上，我不由得失笑，人總是想像力過度豐富，容易自己嚇自己。

我走進廚房，彎身拾起湯勺時，廚房裡隱約的傳來「答答」聲，當我直起身想掛回它時，才赫然想起——湯勺是掛在另一面牆的！

四方形的廚房裡，瓦斯爐在左方，掛著湯勺的牆是在右方，兩兩相對，怎麼可能會掉到這裡來！

我直覺向那面牆看去，在昏暗的廚房裡，聽見了牆上所有湯勺的雜亂碰撞聲！

還有一個人，站在那裡。

他全身濕漉漉的，就站在陰暗處，我見不到他的人影或是五官，但我確定那裡站著一個渾身都在滴水的人！

因為，水從他身上滴下，答答答答……一路往我這邊漫流。

空氣中瞬間傳來濃厚的海水味，我還聞到了某種藻類的腥味，充斥在整間廚房裡。

『出去！』那是個女人。她開口咆哮著：『妳是誰？滾出去——』

下一秒，那個人影就朝我衝過來了！

我下意識的往後退，但是她很快的就衝到我面前，把臉塞在我眼前，那黏滿沙礫及岩片的臉龐，五官全數被岩石割裂移位，那裂開的唇「啵啵啵」的吐著氣泡，被綠藻覆蓋的眼皮上呈現螢光。

我飛快的舉起左手掛著的天珠，米粒說那能保護我，但是他忘了提醒我，鬼的速度通常更快！

她扣住我的手，輕而易舉的就把我甩了出去——我重重的撞上那掛滿湯勺的牆，湯匙刺得我背幾乎要裂開，然後我還來不及看清楚，頭髮立刻被緊緊上拉，往窗邊拖去。

彤大姐……我如果現在叫出聲，她醒得來嗎？

啪！電光石火間，廚房的燈大亮。

「好渴喔！」彤大姐拖著步伐走進廚房，「我想喝水、水……」

我整個人趴在地上，冷汗浸濕了身子，那女人的屍水也濡濕了我的衣服，指尖微微顫抖，但現在已經失去了那女人的身影。

而彤大姐此時此刻卻拿著杯子走到水龍頭邊，輕鬆自若的說要倒水喝。

我的手上甚至還握著那支已經因我摔上地板而折彎的湯勺，吃力的爬起身子，衣襟一片濕，地板上都是那女人身上滴下來的海水。

在彤大姐的腳邊，還有海草。

「彤大姐！」我使盡力氣的衝到彤大姐身邊，飛快的握住她要就口的水杯。「不要喝！」

「嗯？」她還很不高興的扯了我的手，「我想喝水。」

我一把抽過她手裡的杯子，直接往洗碗槽裡扔，那水充斥著可怕的海水味，大概醉酒的人沒有多少意識。

所以我忍著痛拖她離開廚房，拿了礦泉水給她。

「妳幹嘛？好嚴肅喔。」彤大姐雙眼對不了焦，懶洋洋的看著我。

「妳快睡。」我拿過水，將她扶上床。

「你們是不是要開 Party？別忘了我……」她伸長了手，指向客廳的方向。「我可以再……」

她的聲音趨於微弱，抱著棉被進入夢鄉，我專注的望著她，沒有錯過她剛剛說的「你們」。

喝醉酒的彤大姐，看見這間屋子裡有其他人在嗎？除了那個把我當玩具甩的女人外，還有別人在？

才想著，樓上傳來了腳步聲，像是孩子在嬉鬧的足音，蹦蹦跳跳的。

重重的嘆了口氣，我取下頸子上的一個護身符，套在彤大姐頸子上，它多少是種庇護；然後我直起身子，也往客廳看去，目前我什麼人都看不見，但是腳步聲卻一直在這間屋子裡迴盪。

「我不想打攪你們，我們只是房客而已。」我輕聲的開了口，「大家誰也別犯誰，讓彼此好過一點。」

有那麼一瞬間，所有的足音都停了，我以為我的溝通得到了好結果。

結果下一刻，客廳桌上的杯子，就在我眼前硬生生的滑到桌緣，然後摔成一地碎片。

很好，談判破裂。

我不知道屋子裡有多少人，但是惡意來襲，我沒有辦法一個人應付，唯一一個膽大包天的，好夢正酣，而我手無寸鐵的又疼得要死，我真的是被逼的。

我從行李箱裡拿出一大包符，那是米粒交給我的，他說遇到事情就把符咒貼在每個廳房的門口，根本不愁用；而我還帶了雙面膠跟膠帶，以防它們被風吹走。

我把符咒貼在正門口、浴室門口、廚房門口及樓梯上，我可以感覺到，每貼一個地方就傳來驚恐的叫聲，當我準備要往正門貼上最後一張符咒，我彷彿聽見有人被擠壓出屋子的恐怖慘叫。

那個女人瞬間出現幾秒，恨恨的瞪著我，接著再度消失。

符咒貼妥後，我總算獲得一個安寧的夜晚。

我拖著身子去洗澡，把一張符燒了放進浴缸裡，再泡了一個有點焦味的澡，雖然有點克難，但我手邊只有這樣的道具可以使用。

我真的太累了，累到忘記換手機電池，所以錯過了米粒的瘋狂來電。

我只顧著昏沉睡去，那天晚上勉強有了個好眠，我夢到自己好像站在海邊，看著無數藍光在海面上徘徊，它們不停地喊著：『我、要、回、家！』

第三章・外人

「安！安！」有人正搖著我。「安！起來了！」

我睜開惺忪雙眼，映入眼簾的是已經換過衣服，洗好澡的彤大姐，她身上有淡淡的香味，我吃力的坐起身，真虧得她這麼精神奕奕。

我昨晚把她扔在一樓，自個兒上三樓睡，反正同一間屋子裡，睡哪裡沒什麼差別；而且該做的防範措施我都做了，再者我真的很累，力氣彷彿被抽乾似的。

我當然知道可以直接問炎亭，問題是它沒有手機又不接電話。

「幾點了？」我喃喃問著。

「中午啦。」彤大姐立刻遞上一杯咖啡，「先喝點。」

我皺起眉頭，「這哪裡來的？」

「我煮的啊。」她挑了眉，「我煮的咖啡可是一級棒的。」

「妳用什麼水煮的？」拜託，別告訴我是那充滿海藻味的水。

「礦泉水。」她嫣然一笑，「我還沒醉到不記得昨天晚上發生的事情。」

我有些訝然，但是掩不住笑的接過那杯香醇濃郁的咖啡。彤大姐昨晚雖然迷迷糊糊，但是該記得的事都有印象；像她也有聽見湯勺落地的聲音，只是懶得動，後來渴了起身去廚房想找水時，也沒錯過我狼狽落地的情況。

所以她也記得踩過地板時地上濕濕的，還有我阻止她喝那杯水的事。

「早上起來看見滿屋子的符，我大概就知道怎麼回事了。」彤大姐說是這樣說，但是態度很泰然。「我慶幸昨晚完全沒被鬼壓床。」

「我也才貼四張，哪有滿屋子？」真誇張的說法，「而且都貼上符了，再鬼壓床，我就要怪米粒給的東西沒用了。」

「唉……」彤大姐長嘆一口氣，搔了搔頭。「我不是說看見也別告訴我嗎？」

「我沒說啊。」我聳了聳肩，「從昨天到今天，我有告訴過妳屋子裡有些什麼，或是昨天下午有個面目全非的女人站在妳身後嗎？」

「噢！閉嘴！」彤大姐不耐煩的嘖了聲，「我看見那堆符還會不知道嗎？呿！起床了。」

她扯下我身上的被子，抓了一旁的枕頭扔我，然後三步併作兩步的往樓下走，我笑著起身下床，也跟在她身後下樓。

只是在下樓時，從窗外看見外頭似乎很熱鬧，還有紅藍燈光在閃爍。

「外頭怎麼了？」

「出事啦。」彤大姐悠哉悠哉的走到桌邊，一屁股坐入位子。「所以我才挖妳起來，要不然我會讓妳睡到自然醒。」

「出事？」我不安的往外看去。

「那一家的長子淹死了，聽說一大早去浮潛，但一小時前屍體浮了上來。」彤大姐正在看早報，語調稀鬆平常。

我注意到桌上有我的日記本跟筆，炎亭給我的便條紙夾在日記裡頭，桌上還有一盤早餐，應該是飯店送過來的；彤大姐的手邊放著大本筆記本跟相機，我篤定她去拍過一輪才回來的。

我暫時不想問，所以繞進浴室裡梳洗，再上樓換衣服，等我腦子清明些後，我才坐上餐桌，很認真的開口。

「妳拍了？」

「嗯，當然。」

「他的家人讓妳拍？」要是素不相識的隔壁房客說要拍你家人的屍體，你會讓她拍嗎？

「我說我是相關人士，拍下來可以證明屍體一開始的狀況，等會兒警方來好解釋。」彤大姐瞥了我一眼，「當然，我備份了，警方要把記憶卡刪掉也沒關係。」

「真敬業。」我扁了扁嘴，彤大姐的衝勁向來驚人。

「妳以為我喜歡啊？」她冷笑一聲，「我看這裡大有問題，我巴不得現在就走。」

我伸出手，跟她要了相機，看了屍體的照片。

那個男孩可能才十八、九歲，正值青春年少，他穿著潛水衣躺在沙灘上，雙目瞠到極致，嘴巴也開到極致，像是極度受到驚嚇時的模樣。

「死不瞑目嗎？」

「不只，妳看他的手腳。」彤大姐湊了過來，「看，這裡！他的手被扯斷了，活生生在肩膀扯出一個撕裂傷。」

我沉默不語，這不是魚類的攻擊，我清楚得很。

「彤大姐，『26』這個數字對妳來說有什麼意義？」我轉過頭問著她。

「26？」她托著腮，眼睛向上轉著思考。「『26』啊，又不是耶誕節，還是樂透號碼？怎麼問這個？」

「炎亭給我的。」我拿出日記裡夾的紙張，遞給她看。

「這小鬼有話幹嘛不明講？猜燈謎啊？」她噘起嘴，「『26』……什麼紀念日嗎？我可以跟妳說我第一個想到的是明天啦，今天是耶誕節啊——」

霎時間，她的表情怔住了！

我知道那是她想到什麼答案的表情，彤大姐神色忽然轉為凝重，低首瞪著那張紙。

「怎？」

「五年前的二十六號，正是南亞大海嘯。」她深吸了一口氣，「也就是說，明天是五週年。」

「妳挑了一個好日子。」這是我的最終感想。

「我們收一收，立刻走好了。」彤大姐當機立斷，立即站起身要收拾行李。

我欣賞這樣的態度，我也贊成立刻離開！

此時，門外卻響起了敲門聲。「哈囉！妳們在嗎？彤大姐！」

是娃娃的聲音。我回頭向彤大姐看去，她已經走向門口，為她們開了門。

兩個小女生擠了進來，不過她們一走進，就看見門邊顯眼的符咒，顯得有點退卻；我不需要跟她們解釋些什麼，只是微笑打個招呼。

「好可怕喔，怎麼突然會這樣？」娃娃站在玄關那兒說著，「警方剛剛說，今天海象很平穩，不懂為什麼那個男生會淹死。」

「很多時候淹死的都是游泳好手。」彤大姐聳了肩，顯得不以為然。「藝高膽大嘛。」

「可是他的手腳都斷掉耶！」樂樂的聲音在顫抖，「好可怕……」

「可能撞到礁岩吧。」彤大姐又說了個模稜兩可的答案。

娃娃環顧我們的房內，感覺想說些什麼卻沒出口，未掩的門接著又被打開，叩門的是潔西。

「嘿，妳們還好嗎？」她的聲音如銀鈴般清脆動聽，聽了很舒服。「那個妳叫……安對吧！剛剛怎麼沒看見妳！」

「我在睡覺。」我簡短的回應。

「是喔？妳昨天喝很多嗎？」潔西側首看著我，「警車鳴笛聲超大，吵得我都睡不著。」

我托著腮，用一種「關妳什麼事」的表情回看她。

潔西自討沒趣的抿抿嘴，然後繼續剛剛的討論。

「真的很離奇耶，我聽說那孩子是教練，而且他是在安全範圍內游泳，怎麼會發生這樣的事？」潔西一臉緊張的樣子，低聲湊近樂樂。「而且那個表情很駭人，好像……他像是嚇死的。」

「嚇死的？」樂樂當場倒抽一口氣，「被什麼東西嚇的？」

「我怎麼知道？現在也只有那個男生知道吧。」潔西簡直是愈描愈黑！

樂樂臉色蒼白，直接往娃娃身邊靠，看得出來她比娃娃膽子小太多了！娃娃的臉色也好不到哪裡去，但是她還是拍拍樂樂的肩頭。

「沒事啦，潔西姐亂猜的！」娃娃用力挺直腰桿，「那個男生一定是不小心潛到危險區域，跟那些『有的沒的』無關。」

我送入一口煎蛋。娃娃真是可愛的人，自己提及內心真正恐懼的事物。

就剛看過照片的我而言，那男生的神情的確很像是被什麼嚇到一般，事實上我覺得他就是嚇死的。

潔西一凜，下意識的環顧了我們小木屋裡一圈，看見那一張張飄揚的黃色符紙，她用力嚥了口口水，惴惴不安

「我、我昨天晚上一直睡不好，我被鬼壓床了！」樂樂像忍了很久似的，終於說了出來。

娃娃沒有立刻反駁，反而是沉默了幾秒說：「我、我一直覺得有人在樓下走來

走去。」

潔西瞪大眼睛盯著她們兩個，一句話也沒說。

「哎喲！不要想那麼多！」娃娃眼一閉，大聲的喊著。「我不怕！不要自己嚇自己！」她用力摟過樂樂，「妳不要擔心，我可以保護妳，好歹我是店長耶。」

瞬間，樂樂不悅的神情淩駕了恐懼。

世界上就是有這麼白目的人，忘記友情也是該有界線的，妳是靠關係得到工作，又先一步升官，有些詞不要老掛在嘴上會比較好。我想娃娃應該不是刻意的，但是就是不懂得收斂些。

對某些人而言，有時候不收斂也是一種錯誤。

氣氛陷入一種詭異的寂靜，彤大姐閒步到後頭繼續收著亂七八糟的床鋪跟地板，我的行李幾乎沒有拿出來，所以要閃人很快。

外頭又一陣喧鬧，看來好像要先把遺體運走的樣子，門口三個女人紛紛擠到門邊看，我想到我的手機好像一直沒開，三步併作兩步的往樓上走去。

下樓時警車已經走了，嗚笛聲漸而遠去，我從來就不喜歡警笛或是消防車的聲音，那聽起來像是一種刺耳的哀鳴。

「安大姐，妳都不想看喔？」娃娃回過身子時，我正從樓梯上下來。

「我對觀看別人的死亡沒興趣。」

這話只是代表我個人觀感，不過潔西一臉被什麼東西刺中一樣，顯得有點難看。

外頭熱鬧散去，Remy 跟著潔西走了進來，他的表情很僵硬，擰著眉踏進我們小木屋，立刻看見映入眼簾的三張符，眉心皺得更深了，彷彿把我們當怪物一樣。

「那些是什麼？原本就貼著的嗎？」Remy 直接問了，「怎麼有辦法住在滿是符紙的屋子裡？」

我啜飲著咖啡，不想理會外人。

這是我住的小木屋，我住不住得下去，輪不到別人干涉。

「我們自己貼的，黃色跟木屋的顏色很合啊。」彤大姐不客氣的睨了他一眼，「跟一群鬼住一間，或是跟符紙一間，二選一。」

哎，彤大姐還真直截了當。

這不是擺明了告訴大家，我們這間屋子裡鬧鬼嗎？我朝著她蹙眉，她以為全天下的人膽子都跟她一樣大嗎？

果不其然，彤大姐才說完，在場的外人全部青了臉色，或許他們多少都有感覺，但就是缺一個人點明一切。

娃娃跟樂樂再度抱在一起，樂樂淚水滴了下來；潔西對我們的話極度存疑，卻又不安的看著屋子的每個角落，Remy 則上前摟住她的肩頭，嘗試支持她。

「妳們這裡有幾個？」Remy 的臉色益顯沉重，繼續發問。

這個問題讓我愣了一下，而且非常樂意的放下咖啡杯，多看這個型男一眼；因為他問的問題非常有意思，不但沒有反駁彤大姐的說法、也沒有問到底發生什麼事，他問的是我們這裡有幾個。

意思就是說，在跟我們比「數量」。

「你們呢？」我出了聲，饒富興味的望著他。

所有人的目光登時往 Remy 身上看去，包括他懷裡的女朋友。

「……」他面有難色，幾度欲言又止。「四個。」

「Remy？」潔西嚇了一跳，「什麼四個？你是說我們住的小木屋裡……」

她驚駭的臉色透露出不願相信，但是那是她的男人，她陷入了矛盾中；娃娃跟樂樂發出尖叫聲，又不是真的看見了……噢，要是真的看見，我該不會還要顧及這四個人的感受吧？

「彤大姐，收行李。」我決定按照我們的原定計畫。

「收行李？妳們要走了？」娃娃連聲音都在發抖。

「一秒都不想待。」彤大姐替我回答，我回身時，她行李都快收好了。「雖然萍水相逢，但還是奉勸大家，能走就走。」

「怎麼辦……怎麼這樣啦！」一直故作堅強的娃娃一哽咽，竟然開始嚎啕大哭。

吵！我不耐煩的望向他們，可不可以不要在別人屋裡吵？要哭回去自己的小木屋去，已經告訴你們解決辦法了，應該要當機立斷的行事，而不是在這裡哭哭啼啼。

「Remy，到底怎麼回事，你說啊！」潔西還在那兒逼問，信則有，不信則無，問再多也無法平撫自己不安的心，不是嗎？

「你們——」我忍不住開口，要下逐客令，畢竟怒氣歸返後，我發現我其實不是個脾氣好的女人。

只是，終究有東西讓我分心。

娃娃跟樂樂，潔西及Remy，他們就站在門口的玄關處，身後是半掩的門，一旁有扇窗，海浪的沙沙聲不停的傳來，我一時希望我是眼花。

「我們小木屋裡有四個『人』，它們整個晚上都圍在床邊瞪著我們！」我朝窗子走去，Remy 則豁出去般地跟潔西解釋。「不只是我，昨天回來時，我看見她們窗邊站了一個男人。」

他指向娃娃。

「男生？我們只有兩個人啊。」樂樂虛弱的喊著。

「沒錯，那時妳們還在外面，根本沒進屋。」Remy 緊扣住潔西的肩，「我看我們也走好了，這裡一切都太奇怪了……屋裡有人、樹上有人、沙灘上有腳印。」

「什麼叫樹上有人？」彤大姐停下手邊的動作，她聽見了工作需求的線索。「沙灘有腳印是正常的好嗎？別拿這個出來嚇人。」

我倚在窗邊，淡淡的回首看著也走向玄關的彤大姐，他們沒有人注意到嗎？外面正在發生異象。

Remy 拿出手上緊握著的相機，猶疑了好一會兒，便遞給彤大姐看。

「樹上一直有哭聲，我昨天抵達時就聽見了，我還以為是那個家族的小孩爬上去下不來。」Remy 描述著，他的聲音中的壓力很大，看來昨天並不好過。「但是我抬頭什麼都沒看見，更別說樹那麼高，根本沒人爬得上去；但昨晚回來時，哭聲變大了，清楚到我確定樹上有人。」

彤大姐看著相機，臉色凝重，娃娃她們拒絕觀看，卻已嚇得花容失色！在潔西看過之後，彤大姐拿著相機到我這裡來。

「非走不可了。」連她都這麼說了，看來相機裡的東西相當特別。

「我想，它們不會輕易讓我們走的。」我看向窗外，「下雨了。」

所有人紛紛往門外看去，娃娃第一個將門拉開，剛剛還晴空萬里的天氣，瞬間變成烏雲密布的陰天，而且大雨滂沱，大海轉回陰鷙的灰色，隨著狂風浪花愈來愈大。

「怎麼……怎麼會這樣？」潔西不可思議的喊著，「我們剛剛進來時，外頭還萬里無雲啊。」

彤大姐瞥了我一眼，「因為我們要回去嗎？」

「八九不離十。」我接過相機，總是得瞭解對方的行徑，再來考慮接下來的動作。

Remy 所謂的『沙灘上有腳印』，真是再貼切不過了。

那不該屬於我們任何人的腳印，因為在我們的小木屋邊，有數十個大大小小的腳印，就站在我們的屋前。

腳趾全數朝著木屋，清晰可見的腳形，像是立在門口，看著這間木屋一樣。

我手微微顫抖著，背部依舊隱隱作痛，我知道，這裡的鬼魂並沒有存著善意。不安籠罩著我們，這些人是想要我們？還是想要這間小木屋？這是個度假中心，我們不該強佔任何人的東西才是。

「我、我要回去拿東西。」娃娃大喊一聲，「我要過來彤大姐這邊。」餘音未落，她就衝了出去，樂樂也趕緊跟在身後，不等我們答腔，Remy 也拉著潔西，往外衝了出去。

在外頭的滂沱大雨中，他們還遇到那戶人家的長女，她簡單的告訴他們令人匪夷所思的現狀。

那個青春期的少女一臉疑惑在大雨裡站著，然後緩緩的看了我一眼。

「忍著點吧。」彤大姐拍了拍我，「大家聚在一起總是好的嘛。」

「是嗎？」我不由得皺起眉頭，「上上一次我們聚在一起時被同事下降頭、上一次我又跟同事聚在一起時，差點被賣給冥市。」

「欸……那妳相信我就好了。」彤大姐勾過我的頸子，「這麼一大掛人，妳相信我就行了。」

我不由得笑了起來，的確，彤大姐是正義罩身的類型，非常值得信任。

但是她的衝動呢，唉，就非常不能依賴了。

米粒，我突然很希望你在我身邊。

砰——磅——

不遠處突然傳來巨響，跟著是大地震動，我被嚇得跳了起來，跟彤大姐僅互看一眼，便直接衝了出去。

所有人都因那駭人的聲響與木屋的震盪而奔出，即使雨大到遮蔽視線，我們還是無法忽視聲響來自何方。

遠遠的，我們只瞧見褐色的土堆，堆成一個小山丘。

小木屋對外唯一的道路，坍方了。

第四章・亡魂

這間六人小木屋原本只有我跟彤大姐住，寬敞而舒適，不過當擠進十個人時，就不是那麼一回事了。

潔西去勸那家的人一起過來，只說大家聚在一起有個照應，大家素不相識，他們又深陷喪親之痛，當然不會接受；不過當娃娃跑過去將鬧鬼的事情說出來，登時所有人都擠到這間有符紙的屋子來了。

米粒說過，符紙只能防一時，萬一惡鬼能力強大，或是這原本就是它的地方，再多符咒也不見得有用。

不過我看……這個暫且不說好了。

所有人都擠在一樓客廳，因為我禁止他們上樓，至少要給我跟彤大姐一個私人空間，畢竟這是我們的居所。

而且萬一真的出了什麼事，什麼都不會的我也只選擇保護彤大姐。

「妳好。」婦人朝著我走過來，因為我一個人窩在窗邊，並沒有融入客廳圍成一圈的人們。

「嗯。」我微微頷首。

「真抱歉打攪妳們了。」她的神情悲悽，畢竟才剛歷經喪子之痛。「我姓徐，妳呢？」

「安……叫我安即可。」

「安……」徐太太點了點頭，喃喃唸著。「我聽他們說，妳看得到……那個東西？」

「鬼嗎？」我淡然一笑，這種當口了，還避諱什麼？「我推測再不久，大家都看得見。」

「咦？」她驚恐的叫聲一出，讓一屋子人都靜了下來。

浪花愈來愈高，「啪」的打上岸際，浪花破碎得更加嚴重，但是在海浪抽回後，並沒有拉回不該留下的東西。

像現在就有一個骨瘦如柴的屍身，趴在沙灘上，它緊緊抓住地面，然後當浪花退去後，踉蹌狼狽的趕緊往內陸走來，才走沒幾步，身子就趨於模糊。

這不是第一個了，我在計算打上岸的屍身有幾個，但是目前已經多得我不想去數了。

它們的身上都有被咬齧的傷痕，肌膚毫無血色，而骨折跟肢體扭曲的狀況，讓我想到之前的報導，眾多在海嘯裡身亡的人，都是被海嘯的浪高高捲起，捲至幾十公尺高，再重重摔下而亡。

即使是海水，只要重量加上重力加速度，也等於自十層樓高之處墜下，所以身體自然會骨折破碎。

為什麼要掙扎的離開大海？為什麼要選擇這片海灘上來？

這是令我百思不解的地方！

彤大姐坐在桌子上頭，她看得出我神情凝重，其實Remy的表情也好不到哪去，我發現他是個比我還敏感的人，他看到的說不定比我多。

天色愈來愈陰暗，宛如暴風雨的氣候，唯一的聯外道路坍方，似乎也連帶影響到電訊設施，我們的室內電話全部無聲，要聯絡櫃檯也沒辦法；其實我不認為這些千方百計要把我們留下來的鬼靈們，會好心到讓我們能對外聯繫。

我一人窩在窗邊，透過玻璃可以望向偶爾出現的鬼影，而我們的小木屋裡，現在不止一隻鬼。

緊盯著手上的手機，因為我的未接來電顯示米粒連打了四十四通電話給我，後來索性留言，但是我卻撥不進語音信箱；有一封簡訊幾度要收進來，卻一直連線中斷。

我簡直心急如焚，我想知道米粒究竟要跟我說什麼。

「我想知道為什麼？」彤大姐突然開了口。她一出聲，大家都會很安靜。「無緣無故為什麼要找我們麻煩？」

「對啊，會不會我們自我意識過剩？」潔西好像是個科學派似的，凡事得講出個道理。「大家都只是穿鑿附會，道聽塗說，搞得自己嚇自己。」

「我沒有穿鑿附會。」她身邊的男人聲音低了八度，不甚愉悅的立即推翻女友的言論。

潔西立刻閉嘴，只是仍然用很狐疑的眼神看著Remy。

「說不定是我們先犯到它們，很多事是無心之過。」我緩步向他們走近，「Remy，你還有聽到或看到什麼嗎？」

他擰眉，點了點頭，但是神色緊繃得不發一語。

「我不要聽，我不要聽。」娃娃摀起雙耳，哭得泣不成聲。「好可怕喔，我想回家！」

「別哭別哭！」現在換樂樂安慰她，兩個人像姐妹一樣，互擁著低泣。

真是相差十萬八千里。樂樂之前的神態可是厭惡到了極致，巴不得把娃娃推開似的。

徐先生跟徐太太各顧著兩個幼小的孩子，這對雙胞胎恐怕是現場最輕鬆的了。粉紅色衣服的叫嘉嘉、粉藍色的叫緣緣，兩個女孩都抱著洋娃娃，玩得不亦樂乎。

至於十五歲的女兒呢？她非常孤僻的縮在角落裡，雙手抱膝，不停的喃喃自語，眼神瞪著某個地點不放，跟昨天我看見的她判若兩人！

印堂發黑、眼神陰鷙，而且從一進屋裡就拒絕與人群相容，我盯著她很久了，卻無法確定她是否被「上身」。

「我想把話說在前頭，我並不知道該怎麼做，大家別把希望放在我身上，以前我都是靠朋友才能化險為夷的。」偏偏那兩位朋友今天都沒來，「我只知道大家應該小心謹慎，不要單獨行動。」

肩上一個重量壓下，彤大姐拍拍我，我知道她的意思，她是說有她這個朋友在，要我放心……咳，事實上有她在，我比較不放心。

彤大姐，不要單獨行動是說給妳聽的，因為這裡沒人有膽子單獨行動。

「我想……道路都坍了，度假村的人員應該會注意到吧？」潔西站了起來，「我去弄點吃的給大家好了。」

「我來好了！」徐太太焦急的要站起，卻被潔西壓了下來，她柔軟的堅持，要徐太太顧好好動的雙胞胎。

「潔西，別用水。」我出聲警告，「水龍頭的水都有問題，要用就用地板上的礦泉水。」

彤大姐其實還是很機靈的，她早上醒來後因為記得昨晚的異樣，就打電話吩咐度假村送來足足五箱的礦泉水。

「水有……問題？」潔西嚇了一跳，悄悄嚥了口口水。

我不想再說一次，只是微笑再點一次頭。

「我來幫忙好了。」徐先生竟跟著站起，看向徐太太。「妳顧小孩就好。」

我跟彤大姐不由得交換了眼神，潔西去廚房忙，Remy 沒去就算了，徐先生跑去幹什麼？

一切盡在不言中，我也懶得管，只是頻頻望著手裡的手機，真希望訊息快點收進來，但是我很難專心，因為有兩雙模糊的腳總是動不動就闖進眼尾餘光，從我身邊掠過。

「走、走開——」驀地，角落的少女突然尖聲嘶吼。「走開啊——滾！不要碰我！我叫你們不要碰我！」

她驚恐的尖叫劃破了大家勉強維持的平靜，所有人都站了起來，廚房裡的人也火速衝了進來，原本圍好的圈圈，頓時散開！

娃娃跟樂樂緊抱著彼此往廚房邊的牆退去，徐太太則緊摟著雙胞胎往門邊走，一邊疑惑著大喊女兒的名字，而那個叫小芬的女生一骨碌跳了起來——直直朝我們衝了過來。

「救我！救救我——叫它們滾開！」她發狂似的撲向我，彤大姐一步把我向後拉，讓小芬只能抓到我的腳。

但是她沒有鬆手，她仰著頭，鼻涕眼淚齊飛的繼續嘶吼。「求求妳……叫它們走！叫它們不要碰我！」

「誰啊？」彤大姐左顧右盼。

我突然想起什麼，轉向唯一沒動的 Remy，他臉色發青，雙眼瞪目也瞪著地板。

「彤大姐，拿鏡子給我。」我向她低聲交代，再轉向 Remy。「Remy，這屋子裡有多少？就在你身邊對嗎？」

Remy 頓了一下，然後全身不住的發抖，用一種顫巍巍的眼神，向上瞥了我一眼，那裡頭盈滿了恐懼。

天哪……不止一兩個！那些死靈早就登堂入室，無視符紙的存在，它們甚至跟我們聚在一起，說不定剛剛還跟大家一同圍著取暖的圓圈。

彤大姐飛快的把鏡子拿過來，我接過鏡子，連手也不住的發抖……天哪，我是什麼時候會顫抖的？我不應該會怕成這樣的啊。

就連現在，我竟然也在猶豫要不要把鏡子轉過去查看真相？

啊！電光石火間，我忽然茅塞頓開！我的情緒正在歸返嗎？我佚失的「恐懼」與「喜樂」，尚未尋回，因此在之前我不懂得什麼叫打從心底的高興，也不懂什麼叫真正的恐懼。

不懂得極端恐懼，可以讓我在危難中維持一定理智，可以讓我在面對邪惡的四面佛時再殺自己家人一次，更可以讓我在面對冥市的靈魅時，逃出生天。

而現在，如果我擁有恐懼之後——我還能維持冷靜的面對一切嗎？

我深吸了一口氣，右腕上突然被緊握住。

我嚇得回頭，是彤大姐。

「我在妳身邊。」她亮麗的容貌在這種時刻依然不減光芒，「我不懂，妳可以教我，但是妳別擔心，有我在。」

她嫣然一笑，隨即抽過我手上的鏡子，打算要照向房裡，千鈞一髮之際，我把鏡子拿了回來。

「我來就好。」

彤大姐什麼都不懂，萬一真照到什麼，對上了死靈的雙眼，她被上身我就慘了。

我只剩下她一個人了。

再做了一次深呼吸，我緩緩轉動鏡子。

鏡子裡映著的是兩個應該是女生的「生物」，因為它們腐爛的程度我很難判定歲數，它們的身上、髮上都黏掛著海草，一個人正踩著小芬的背部，緊拉著她的頭髮，另一個則不停的踹她。

我再把鏡子轉向 Remy，他的身邊圍繞著一對較高的男女，它們有著跟炎亭一樣的青灰膚色，也是濕濕黏黏爛爛的，不過這一對比較溫和，只是很認真誠懇的坐在 Remy 身邊，不停的說話。

「喂，兩位。」我禁不住對鏡子喊。

不過沒人在聽，只聽見小芬更淒厲的哀號聲。

我拔下手中米粒送我的天珠，算準位置就朝小芬的上方揮過去。從鏡裡可以瞧見它們慘叫及落荒而逃的樣子，它們驚恐著一路踉蹌到牆邊，瞬間沒入牆中；而原本蹲在 Remy 身邊說話的那對男女也飛快抬首看向我，緊接著身影跟著淡化了。

我有種要不得的想法，為什麼我覺得在屋子的人——

好像也是「一家人」？

我戰戰兢兢的拿著小鏡子開始照著屋子四周，我發現樓梯上有一抹殘影，然後牆上前一秒還映著若有似無的五官，下一秒又什麼都瞧不見。

緊接著我照到廚房，門口站著一臉驚愕的徐先生跟潔西，然後是黏在一起抖個不停的娃娃及樂樂……等等！我把鏡子移回廚房門口——徐先生有四隻腳？

「離開廚房！」我大喝一聲，卻來不及。

因為徐先生登時被甩了出來，像一顆保齡球似的直直朝我而來，我跟彤大姐飛快的分向兩邊，卻雙手緊握的拉成一條線，巧妙的阻止徐先生一頭撞上樓梯的側面。

尖叫聲從未停止，我再抬首時，潔西已經不見人影，我的角度只能看見她的雙腳躺在地上扭動，以及廚房裡不絕於耳的碗盤破裂聲。

「你們在發什麼呆啊！」彤大姐把徐先生往地上安置後，吼著。「潔西在裡面，不會拉她出來嗎？」

「我不敢啦。」離廚房最近的兩個女生，埋在彼此肩上，哭到連眼睛都看不見了。

「不願意幫助人的人，以後就別奢望被幫助！」彤大姐氣急敗壞的跳過徐先生的身子往前走，我根本來不及拉住她……我不到十分鐘前才說過吧？不要單獨行動啊！彤大姐！

「Remy！」我終於把徐先生整個人妥善的放下，轉而搜尋 Remy 的身影。

他竟然依然坐在地上，彷彿這一切不關他的事。

「滾開——閃啦！」彤大姐的吼叫聲傳來，我顧不得太多，急忙筆直衝進小廚房，果然看見碗盤齊飛往彤大姐身上砸，不過她更俐落的抄起湯勺一棒棒揮著安打。

情況緊急，我只能再取下頸子裡的一串長佛珠，唸著米粒教過我的經文，往四周空氣一路亂揮亂打，直到所有騰空的碗盤都垂直摔落為止。

滿目瘡痍、精疲力盡、狼狽不堪……我實在想不到其他更好的形容詞了。

彤大姐臉上跟手上都有被碗盤擦過的割傷，被壓制在地上的潔西更慘，一堆瓷器在她身邊摔裂，臉上、掌心都是劃傷，我雖然倖免割傷，但總覺得耗掉不少氣力。

所有人在這時才動起來，娃娃跟樂樂聯手趕緊把潔西扶了出來，彤大姐一邊咒罵一邊還賢慧的把碎片掃起來丟掉；外頭的人忙著拿過急救箱，由徐太太幫潔西上藥。

不省人事的徐先生被安置在大床上稍事休息，我想應該過沒多久就會醒來了。

「還好吧？」我將符紙在徐先生上方燒掉，當作一種驅邪方式，眼神跟著彤大姐。「妳先擦藥吧。」

「氣死我了，這根本無法無天吧。」她用力踹了椅子，「是怎樣？不懂得珍惜東西嗎？亂丟亂扔的，有本事自己掃啊！」

「好了。」我趕到她身邊，幸好傷口都不深。「妳別怒了，它們亂起來都這樣。」

她看起來很惱怒，用腳勾過另一張椅子，隨手抽過衛生紙把滲出來的血珠擦掉；潔西哭得唏哩嘩啦，Remy 完全沒有上前安慰的意思，他已經站起身來，獨自坐在樓梯最底層，冷眼望著屋裡的一團亂。

「別亂擦，我先消毒好了！」徐太太忙完潔西，趕緊奔到彤大姐身邊。

我站直身子，屋子裡的氣氛變得非常緊繃並且盈滿恐懼，在我們什麼也沒做的情況下……至少我確定我跟彤大姐沒做什麼不對的事，它們卻逕行攻擊了。

為什麼？我們跟一群陌生人在一起，我們之間不該有恩怨才對啊。

「請跟我溝通。」我對著那空無一人的角落說話，「不要傷害這裡的任何一個人，我們都不是造成你們如此的元凶。」

屋子裡瀰漫著一片死寂，我發現自己扛上了人與鬼的責任。

「妳……聽不見。」Remy 幽幽的開口，「它們已經開口了，但是妳聽不見。」

我回過頭，看著悠閒坐在樓梯口的 Remy，他坐在木板梯上，靠著白牆，用一種很冷漠的眼神看著我。

而我突然覺得那眼神似曾相識。

「你能轉達嗎？」

「我聽不懂。」他淡淡的閉上眼，但臉色卻很難看。「它們沒有舌頭、嘴唇都腐爛了，說什麼我根本聽不懂。」

我頹然的嘆口氣，被攙起的小芬不斷哆嗦，她背上有著明顯的瘀青，而且像是足印般大小。

無法溝通，是最糟的情況。

「為什麼會這樣？我的兒子也是被它們害死嗎？」徐太太放下一雙幼兒，看著我。「這麼好的一個孩子，又沒有對它們做什麼事，為什麼要這樣？」

我不回答無法回應的問題，我拉開椅子坐下，這裡面竟然沒有一個人有辦法跟它們溝通看看。

「打電話找米粒好了。」彤大姐隨便用 OK 繃貼了傷口，「打回家找炎亭它接不接？」

「不會接的，因為我把電話關了。」炎亭嫌吵，所以我出國前把線拔掉了。

心情超亂，我決定坐進位子裡，抄過一旁的日記本，或許把目前為止發生的事情都寫下來，我會比較安心。

打開日記本時，我卻聞到了濃重的海腥味。

我雙拳緊握，冷汗不禁自背上滑下，我的日記本被人動過了。

白紙上沾著血與屍泥，有人用筆在我的日記本上面寫滿了「Get out」的粗獷字體；我顫著手翻開一頁又一頁，每一頁都是跨頁的英文字，全是要我滾出去；然後接下來出現不同的字跡，寫的是「Pick me」。

「打不通耶，這些人怎麼這麼煩？好歹讓我找個人問啊。」彤大姐繞回我身旁，一見到日記本，她也噤聲了。

我緩緩看向一室慘白著臉色的其他人，這件事還是別聲張好。

「滾出去」與「選我」，兩種字跡，兩種心情。

那們現在與我們同存在屋子裡的，傷害小芬、潔西與徐先生的，又是其中的哪種呢？

※　※　※

『拜託妳了！請為我們犧牲！』

『這就是妳人生的目的啊！這是妳的天職！』

『救救我們！求求妳！求求妳——』

嗶嗶嗶嗶，嗶嗶嗶嗶。

我睜開雙眼，聽著鬧鐘響起，再一次被夢境侵蝕的我，一部分的魂魄還留在夢境之中。

我伸長手想要按掉震耳欲聾的鬧鐘時，響聲卻停了。

這反而讓我瞬間驚醒，魂魄歸位。

我坐起身子，愕然的盯著那鬧鐘看，我尚未將鬧鐘按掉，為什麼它的鈕已被壓下了？

窗外一片漆黑，已經是晚上了，時間是晚上九點多了，下午我嫌樓下氣氛緊繃，而且也受不了哭個不停的娃娃她們，因此決定上二樓小睡片刻，沒想到睡得這麼晚。

我不經意的往床下望，有幾組明顯的腳印落在木板上頭，腳印非常的濕，顯然是剛剛才離去；腳印就停在鬧鐘旁，有來與回的兩組印子，看來剛剛有『人』幫我把鬧鐘按掉了。

我避開那些腳印下了床，那模糊的影子依然不時的出現、消失。

「它們」似乎逐漸清晰，連我都看得見了。

樓下有些聲響，證實度假村人員果然沒有辦法進來救我們，所以我才想要補足精神，睡飽了才能應付這些根本無從「應付」的狀況。

其實我腦海裡還有眾多疑問，像是我體力急遽的消退、夢境一再的重複，以及這群莫名其妙會攻擊人的死靈，還有上岸的屍首，之間的關聯性。

這一切像個謎，我解不出來，卻慢慢被推入恐懼的漩渦裡。

「脫手！」彤大姐扔出最後一張撲克牌，開心的高舉雙手。「耶～三連勝！」

我走下樓梯，就看見彤大姐跟娃娃她們圍成一桌在打牌，氣氛不見得多輕鬆，但是有彤大姐在，也不至於太嚴肅；至少娃娃跟樂樂在同個牌桌上，取代了哭哭啼啼的煩人模樣。

「妳在騙小孩錢喔？」

「哪有，妳醒啦。」彤大姐回首向上看著我，「肚子會不會餓？徐太太他們有一堆點心可以吃喔。」

「好。」

在我離開最後一階階梯時，明顯有東西擦過我的手臂。

我下意識的回首望去，感覺得到有另一個人在樓梯上走動，因為木板上開始出現一個接一個的腳印。

「它們的形體愈來愈清楚了。」Remy 忽然出聲，「應該不只我看得見了。」

「隨著『時間』愈近而愈清楚嗎？」徐太太在床上，藉看書與聽音樂分神，當然小芬依然躲在角落，Remy 則失去了緊張感，多了分冷漠。

「嗯。」Remy 點了點頭，他就坐在窗邊，看著外頭不停的滂沱大雨。

小芬蜷縮在角落之處，似乎巴不得把自己塞進牆裡一般，頭髮蓬亂的遮住臉頰，我可以看見她不停喃喃的唸著。

徐太太跟雙胞胎在床上躺著，兩個小孩眼睛睜得很圓。

「潔西呢？」我繞了一圈，沒看見她。

「跟徐先生去拿吃的。」Remy 用下巴一比，指向徐家的小木屋。

「去哪裡拿？」我倒抽了一口氣，「離開這裡？」

「嗯，回他們的屋子去。」Remy 別開了眼神，「到哪裡……都沒有差別了吧？」

因為這兒即使有符咒，也是有許多東西在裡頭走來走去，連小芬都能公然被打、徐先生被甩出來，離不離開這裡有差嗎？

「誰說沒有？我們一大群人跟落單的兩個人，差別可大了！」我氣急敗壞的回身，「彤大姐！」

「啊？」她連正眼都沒瞧我，正專注於手上的牌局。

「徐先生跟潔西出去了，妳不知道嗎？」

「是喔，同花順。」彤大姐眉開眼笑的一頓，「什麼！出去？」

她立刻跳起，環顧四周一輪，然後用一種非常驚訝的眼神看著我；而同牌桌的娃娃跟樂樂則帶著膽怯的對我點了點頭。

「我沒注意……」她的聲音有點微弱。

其實我知道，彤大姐一心無法二用。

「沒怪妳，自己的生命自己負責。」我疾步走到窗邊，這滂沱大雨沒有停止的跡象，從窗戶可以看見斜對角的小木屋，燈是亮著的，只是我不確定裡頭是人還是鬼。

外頭的路燈明明滅滅，我看不太清海浪的樣子，但是現在的我也不想看清楚。

「怎麼了？我先生呢？」徐太太的聲音從後響起，她有點慌張。

「他跟潔西一起回你們的屋子拿食物了。」彤大姐抓著傘，走向門邊。

「妳幹嘛？」我飛快的阻止她，「帶著傘要去哪裡？我說過不要單獨行動。」

「去找徐先生啊！他們出去太久了，娃娃說半個多小時前就出去了。」她還紮起頭髮，怕狂風吹亂她的長髮。

「不准去找！他們自己擅自行動，就該自己負責。」我一把將她拉離門口，「沒有人需要為他們犧牲。」

「可是萬一出事怎麼辦？」出聲的是徐太太，她滿臉愁容。「彤大姐，拜託妳幫我去看一下，他們怎麼不說一聲就跑出去……」

就在彤大姐準備點頭說 OK 前，我把她往我身後拉。

「妳要不要自己去？」我扯下彤大姐手中的傘遞給她，「如果這麼擔心妳先生，妳可以自己去，不要自私的拖外人下水。」

真沒想到徐太太竟然說得出那種話，拜託彤大姐出去冒險幫她找她先生？再怎麼樣那是她老公，跟彤大姐毫無關聯，真的該有人去找，也該是身為的妻子的她！

結果，徐太太竟然猶豫了。

「妳的命是命，彤大姐的就不是嗎？」我冷冷的撂下了這句話，回身瞪向彤大姐。「我在哪裡，妳就待在哪裡！別豪氣干雲的拿自己的命去冒險。」

「好啦。」她噘了嘴，知道我是真的在生氣。

氣歸氣，我沒有忽視反常的 Remy，他的女友莫名其妙跟徐先生那麼要好做什麼？做飯時也是徐先生進去幫忙、現在拿東西也得兩個人一塊兒去——而且明明情況危險，Remy 卻沒有自告奮勇的要去找愛人。

不過，說穿了這是別人的事，我管不著。

「安姐姐，現在怎麼辦？」娃娃也走了過來，「我們對外的聯絡都斷了，度假村也沒有人來找我們……」

「是自立自強的時候了，每個人對自己的生命負責。」我嚴肅的對待大家，「如果我推斷得沒錯，這些好兄弟跟五年前的南亞大海嘯有絕對的關係。」

「南亞？」樂樂倒抽了一口氣，又蒼白了臉色。

「五年前的十二月二十六號上午，發生了南亞大海嘯，至少奪走兩百九十萬人的生命，巴東海灘死傷非常慘重。」我頓了一頓，幾個影子從窗外閃過。「再幾個小時，就是五週年忌了！」

「五週年忌？安，妳的意思該不會說——這些好兄弟們在等五週年忌？」彤大姐眨了眨眼，一臉不可思議。

「我只是猜而已，因為愈逼近那個時間，它們數量愈多，而且形體愈來愈清楚。」我往窗外一瞥，有些我已經看得見全身了。

只是，單純的忌日就會回來嗎？為什麼偏偏挑五週年？經過兩次生死關頭，我覺得事出必有因。

如果喪生於大海的靈魂這麼掙扎著想藉浪花上岸，就表示他們要返鄉是極度不可能的，為什麼今天卻如此輕而易舉？

徐太太白著一張臉，僵著身子無法動彈。

「那……那該怎麼辦？」娃娃抽抽噎噎著，望向我。

真好笑，問我該怎麼辦？呼喚這些海底冤魂的又不是我……等等，我怎麼沒想到這一點，呼喚？有誰會去呼喚海底的人？

是啊，一定有什麼人在召喚它們，所以——大海把它們送回來了！

砰砰砰——門外突然傳來急促的敲門聲，嚇得在門內的我們一陣驚叫。

「我老公回來了！」徐太太立馬上前，就要開門。

「等等。」我正後方的 Remy 突然出聲，那聲線是緊張的。

我及時阻止徐太太，將她的手擋開，彤大姐立刻瞭解我的用意，站到門把前，以身體擋個徹底，這樣我才可以走到窗邊，看清楚為什麼 Remy 要叫我們等等。

那敲門聲劇烈且焦急，整道門都在震動，「砰磅砰磅」的像是雙掌都擊在門上的急促，這讓徐太太跟所有人的心情跟著急躁起來。

「那聲音聽起來好可怕喔，發生什麼事了嗎？」娃娃皺著眉。

「請妳讓開，他們是不是遇到什麼了！」徐太太焦急的推著彤大姐，彤大姐倒是很乾脆的把她撥開。

我站到 Remy 身邊，這角度可以斜斜的看見小木屋門前的人影……如果那能算人的話。

人龍自門邊一路排到階梯下方，全身腫脹腐爛中的男人使勁的拍打著門口，瘋狂的希望有人能幫它開門。

「惠如，開門！快點！」那死靈竟然模仿徐先生的聲音。

然後，「它」似乎看見了在窗邊窺探的我。

向左轉了過來，咧開流出泥沙的嘴，微微一笑。

「幫我開個門吧，安。」

第五章・恐懼

「那不是徐先生！」我趕緊上前拉住徐太太，「妳冷靜一點，外面那個不是妳丈夫。」

「那會是誰？他正在叫我的名字！」徐太太慌亂的推著我，死命的要上前幫那偽裝成她老公的死靈開門。

「是海底的死靈！它剛剛連我的名字都叫了。」我直接把她往窗邊推，「妳自己去看仔細好了。」

門依然被奮力的敲動著，震天價響，讓房內每個人的神經緊繃，徐太太卻站在窗前幾公分處，不敢貿然前進。

「怎麼不看？這麼擔心為什麼不親眼確認？」Remy 一伸手，猛然壓住徐太太的後頸，把她壓往窗邊瞧。

我被 Remy 的舉動嚇到了，怎麼這麼粗暴？

而臉被整個壓上玻璃窗的徐太太失聲尖叫，在定神瞧向外面那位「親愛的丈夫」後，尖叫聲逼近了歇斯底里。

可是，Remy 還不放手。

「你在幹嘛？」我上前去扳開他的手，卻發現 Remy 的力氣好大。「放手啊，

Remy！」

徐太太不停的慘叫著，我卻扳不開 Remy 的手，他正首看著我，然後嘴角挑起一抹冷笑，才不甘願的鬆手。「這種自私的人，何必幫他們。」

他一鬆開，徐太太像逃命似的撞開我，往裡頭衝去，還撞到了桌子，讓桌上的撲克牌散落一地。

「真的不是喔？」彤大姐還一臉好奇的想湊到窗邊看，被 Remy 一個箭步上前擋住。

Remy 真的非常奇怪！他強逼著徐太太瞧，卻不給彤大姐看？

樂樂趕緊上前安慰跪在地上發抖大哭的徐太太，雙胞胎坐在床上，兩個人打算下床跑到媽媽身邊。

「那……外面那個是什麼？」娃娃瞪著震個不停的門板，外頭還在呼喚著徐太太的名字。

「要看嗎？」Remy 揚起笑容，對著窗戶比了一個歡迎觀賞的姿勢。

「嗚……為什麼會發生這種事？我們只是來度假而已。」徐太太語不成聲的嗚咽著，「我們好不容易才重新開始，想帶孩子一起出來玩而已啊。」

我即使尋回了悲傷與憤怒的情緒，但我依然是那個冷淡的安蔚甯，徐太太說得再悲情也是她的事，這裡沒有一個人理應遭受到這樣的待遇，誰不是只是想來度假？

彷彿知道我討厭這種無助益的場面，彤大姐露出一抹要我寬心的笑，趕緊把我往屋內推，離那響個不停的門愈遠愈好。

那對雙胞胎一個站在地上，一個坐在床邊叫著「媽媽、媽媽」，她們在猶豫要不要走過來，我跟彤大姐最接近她們，我把緣緣抱上床，她們最好是別下床比較好。有時真羨慕純真的娃兒，不懂得害怕，也不知道到底發生什麼事。

「志偉才剛考上大學，為什麼要害他？這麼好的孩子……」徐太太繼續跟樂樂她們哭訴，「他昨天幫我們生火，還在海裡抓了一條魚讓我們加菜，還送了我一只手環……去哪裡找這麼好的孩子。」

「轟」的一聲雷鳴，不知道是在回答徐太太，還是在否定她。

而隨著那聲雷鳴，巨大的敲門聲忽然停下，我們不約而同的往門那兒看，一雙手「啪噠」的貼上玻璃窗，跟著擠進一堆人頭，它們正湊在窗邊往內瞧。

「哇呀呀——」這下子，應該屋內有眼睛的都看見了吧？

先是被雷響嚇到心跳加速，接著又是塞滿窗邊的屍首頭顱，下一秒，小屋裡所有的燈竟瞬間熄滅。

「哇呀——啊呀——娃娃！」

「媽媽！媽媽！」

「寶貝——啊！」那是撞到桌子的聲音，接下來是有人摔倒的聲音。

最後一道亮光自門外傳來，竟然有人在極度恐懼之際拉開了門，完全忘記門外有什麼存在，人影陸續奔了出去，外頭的冷風颳了進來，驟雨也跟著灑進屋子裡。

雷沒有停過，一道一道的劈著。

這間屋子裡，只有我跟彤大姐沒有動，我們正靠在樓梯下的牆邊，屏氣凝神的站立著，看著慌亂的一切。

「媽媽！」雙胞胎朝著床邊，兩雙小手伸了長。

她們朝著的不是正前方，徐太太的方向，而是朝向我身邊數步的距離。

那兒有個女人，站在床邊，正一瞬也不瞬的看著她們。

又一道雷劈下，藉著雷電明顯的閃光，我可以瞧見我們屋內有一堆不屬於人類的「人」。

床邊的女人伸出了手，試圖要碰觸雙胞胎。

「妳不該碰她們。」我冷冷的出了聲，「妳是鬼，她們是人。」

女人一顫，停止了動作，然後緩緩的回過頭看著我。

她是個女人沒錯，赤裸的身子可以明顯分辨，但是她的身體依然是腐爛中的青色，蓬頭垢面的亂髮上也夾帶著海藻跟其他海中生物，沒有嘴唇，只有發黑的牙齒；沒有眼珠，只有兩個又深又大的黑色窟窿。

她的眼睛恐怕是被魚類吃掉的，那是既柔軟又甜美的組織之一，然後連眼皮都被飽餐，接著被海藻與泥水填充。

所以她正向著我，嘴巴張得很大，泥水從雙眼的窟窿中流出，一張開開合合的嘴巴也流出泥沙。

「試著把聲音傳進我腦子裡吧，我能接受。」我深吸了一口氣，緊緊握住了彤大姐的手。

「只、只准傳聲音，不許傷人喔。」她一步站到我身邊，顫抖著身子抓著雨傘不放。

下一道雷電中，我看見了自廚房步出的兩個大人。

「它們不會。」Remy的聲音很低沉，自黑暗中傳來。「但是我聽懂了。」

我們驚愕的回首，Remy 竟然還悠哉悠哉的待在原位？

「他們有八個人，這間小木屋是他們的度假木屋，不是我們的。」Remy 一字一字緩緩道出，「我們是小偷、是入侵者……而為了保護所愛的人，入侵者必須離開。」

人死得太久，腦子就偏激了。

我蹙起眉頭，看著那女人再度回身，她沒有傷害雙胞胎的意圖，反而是蹲下身子，跟那對雙胞胎玩樂似的。

「哇呀！」我身後驀地傳來尖叫，我回首望去時，看見彤大姐拿雨傘插進某個男人的身體裡。

彤大姐真的是……雨傘隨時都能當兇器吶。

「快走。」我一把拉過她，死命的往外跑去。「Remy！走不走！」

「雙胞胎呢？」他狐疑的喊著。

「扔著吧。」我掠過桌子時，已經沒看見徐太太的身影了。「她母親都已經捨下她們了，我說過自己的命自己負責——而且雙胞胎不會有事的。」

她們已經有守護者了，我相信那個女人會保護她們。

我們一路奔出木屋時，後頭傳來甩門聲，像是高興我們這些該死的入侵者總算走了。

我跟彤大姐身上都揹了緊急背包，裡面放有水、手電筒、手機及乾糧。

雨漸漸小了，而我們所處的地方依然該死的漆黑一片。

『嘻嘻……』

有聲音自高空中傳來。

我們三個人都聽見了，互相交換神色。

『Would you take me away?』那是個非常稚嫩的聲音，就在我們的頭頂。

我深吸了一口氣，倏地把手電筒往上方照去。

一名幼小的嬰兒插在樹梢上頭，它以仰姿卡在樹上，一半的臉面目全非，另一半的眼珠子骨碌碌的向下看著我們。

它的四肢呈大字形僵硬著，全身罩著一種詭異的雪白色。

No！這是我腦海中閃過的第一個想法，我當然不可能去回應這樣的問題。

「不要回應。」我低聲跟彤大姐及Remy交代，米粒跟我說過很多次，永遠不要主動回應鬼魂的呼喚。

在這伸手不見五指的黑暗中，我突然聯想到我的夢境，那深刻的黑、看不見任何事物的空曠，唯有海浪聲沙沙作響。

手電筒的照耀只是徒增不安罷了，因為我永遠不知道當手電筒晃到下一個物體時，會突然跳出什麼。

「為什麼……沒有人在？」彤大姐的聲音很緊，我聽得出她也很不安。

她問得很好，剛剛逃出來的人呢？為什麼沒有人待在沙灘上？難不成他們跑回自己的小木屋了嗎？

「說不定跑回屋子裡了。」Remy 替我把想法說出來了。

「真明智。」我嘆口氣，「Remy，你是什麼特殊體質嗎？」

「嗯，可以這麼說。」他苦笑一聲，「這並不是好事，雖然我通常都假裝沒看見。」

「所以你現在看見什麼了？」我卻很慶幸有個看得很清楚的人。因為這些人很奇特，並不打算讓我們看清楚似的。

「很多人，從大海中爬回來……它們只有一個願望。」Remy 定定的看著我，「回家。」

悲傷且沉重的氣氛漫開，我知道那場海嘯突然奪走了許多人的性命，也使許多家庭破碎了，我相信有很多人根本不知道發生了什麼事就沉入海底，有的人則不甘心自己莫名其妙結束短暫的一生。

「他們是當初沒被找到的人嗎？」彤大姐皺起眉頭，望向我們四周。

「當然，那種情況沒有辦法尋獲所有的屍身。」這是想當然耳的事情，大海如此遼闊，那海嘯退回之後，他們已經被捲至千里遠，甚至沉入深深的海底了。

「那為什麼現在回來了？五年的時間，為什麼選擇現在回來？」彤大姐道出了大家心中的疑問。

「套句米粒說的，凡事有因必有果。」我緊握住手電筒，「找出原因，大家說不定可以逃過一劫。」

Remy 左右望了望，再掃視了小木屋一圈。「是我的話，會再檢查一次忽略的地方。」

頭頂不時傳來悲鳴聲，我們都徹底的忽視，但無法忽視不停落下的粉狀物。

彤大姐忍不住自肩上將粉狀物沾上指尖，搓了搓，然後疑惑萬千的看了我們一眼。「沙子？」

「沙子？」我把手電筒湊近一瞧，果然是純白顆粒的沙子，跟這沙灘一樣。

我尚在猶豫，忽然感覺一陣風掃過，並不是自海面吹來的風，而是有人自我身邊奔跑過。

我登時回首，下一秒就感覺到有壓力迎面襲來，我直接被不明物體撞飛出去。

「安！」

聽見彤大姐的叫聲時，我已經被撞得七葷八素，只感覺到自己直直向後退——一直到落了地。

我摔了個四腳朝天，屁股感覺快裂成兩半了，如果對方執意要攻擊我的話，我應該早就死於非命了；但是我沒有，我只是狼狽的躺在草叢裡，我知道手電筒跟背包就掉在附近。

沒有壓力，也沒有腥臭味傳來，甚至連頭頂不停的悲鳴也消失了。

我半坐起身，發現自己竟然身在草叢裡時，我有點訝異，因為草叢離小木屋有一大段距離……我是被硬推到這兒來的嗎？深吸了一口氣，右手摸索到我背包的帶子，這次我好整以暇的將它斜揹在肩上，左手開始胡亂摸著草叢堆裡，我看見了手電筒最後熄滅的燈光。

我怎麼都找不到它，只好吃力的站起身來，天曉得我的全身上下都吃疼。

隨意抬首一瞥，我才發現到這深刻的黑暗。

四周一片漆黑，伸手不見五指，這是個毫無星光及明月的夜晚，而我只能摸黑前進。

手電筒呢？我剛剛還拿著的……人呢？為什麼沒有彤大姐或是Remy的聲音？他們剛剛都在附近的，怎麼一個都不剩了？

沙……沙……

有些細微的聲音傳來，我甚至不清楚那是海浪聲，還是撥動草叢的聲音。我好像被扔在無邊無際的黑暗裡，就像總是纏繞著我的夢境一般！

『媽媽……』

有人扯住了我的褲腳！

天哪！真的有人——我嚇得往下望去，卻記得該摀住嘴，沒有叫出聲……我甚至不知道為什麼要噤聲，這並不是夢啊！

『媽媽呢？』那是個小女孩，不知何時竟也站在草叢裡，緊緊拉著我的牛仔褲腳。

我瞪大了眼睛，望著那楚楚可憐的女孩，我看見那女孩的身影模糊，周圍泛出藍色的光粒。

這個呼喊著媽媽的小女孩，並不是人類。

在這個遺世獨立的海灘上，除了來度假的人外，不可能會有走失的小女孩。

『媽媽呢？』小女孩皺起眉，好像對我的不予回應感到有點不悅。

這跟我的夢一模一樣。

我緊摀著嘴，閉上雙眼別過頭去，噁心感湧了上來，那總是不間斷的夢是預知嗎？還是一種複習？因為夢裡的我穿著的是日本和服，且身在荒山之中，並不是在這無生還者的海灘。

可是一切是這麼的似曾相識，熟悉到讓我想吐。

我試圖不理睬的往前走，如同夢境般下意識的抽動腳，用力抽離了小女孩的手，往另一個方向而去。

我甚至不知道自己為什麼要這麼做，難道我期待一轉過身能撞見那個執著斧頭、人高馬大，一樣泛著微微藍光的男人嗎？

『妳要去哪裡？』

我真的撞上一個男人，並且及時被攙扶住。

世界太黑，我看不清對方是誰，但我知道那不是人。

『妳可以保護我們嗎？』

我不由得瞪大了眼睛，發現在闃黑的草叢中，倏地出現點點藍光。所有的鬼影一一浮現，它們身上都掛著水草，它們全身跟海泥融在一起，它們都沒有雙眼，它們的四隻都呈現骨折……這些人塞滿我全部的視線範圍，哀鳴著。

我只有拚命的搖頭，淚水不停的被擠出來，全身不由得顫抖著。

抓住褲腳的小手又搖了搖我，『妳看。』

小女孩指向遠方，不遠處有燈光傳來，在小木屋附近晃著，隱約還可以聽見呼叫聲。

『妳知道妳能幫我們吧？』男人低沉的咆哮著，『妳不能放任事情發生。』

不！不關我的事——從頭到尾明明就不關我的事。

鬼魂朝著我聚集而來，密集的向我湧來，它們質問著、它們怒吼著，我只能不停顫抖，心裡想著的是彤大姐、想的是炎亭、想著一直陪在身邊的米粒——

有種情緒自心底竄起，我緊閉起雙眼，再也無法壓抑全身的顫抖，歇斯底里的尖叫起來。

「啊——啊啊！」

恐懼感盈滿了我的胸臆，那是極端的恐懼！我害怕這些回不了家的海底冤魂，我害怕它們要我負起一切責任，我更害怕它們接下來可能對我做的事情。

我害怕！是的，我害怕……我知道什麼叫做極端的恐懼了。

「安——」一陣燈光掃過，彤大姐下一刻已經在我身邊，溫暖的大手罩在我肩頭。「安，妳沒事吧？安。」

彤大姐心急如焚的查探我的臉色及全身上下，我正在流淚，身體抖個不停，必須緊握著她才能夠稍稍放心；藍色光點已經全數消失，彷彿它們剛剛根本不在這裡似的。

「沒事了，妳怎麼摔到這麼遠的地方來？」彤大姐用力抱著我，「我在這裡，對不起，我應該緊握著妳的。」

「彤大姐……」我虛弱的語調哽咽，「我好害怕。」

「廢話，我也怕啊。」她語調裡盈滿極度擔憂，「這種情況不怕的人才……安？妳剛剛說什麼？」

「我好怕。」我重述了一次，這一次心跳卻緩了下來。「它們是不是認為我該為這一切負責？」

彤大姐陷入片刻的沉默，她拍了拍我的背，然後拭去我的淚水後，竟揚起一抹欣慰的笑容。

「恐懼回來了？」她笑得好燦爛，好像是她得到了什麼寶貝。

「嗯。」我有點無力，「好像不是時候？」

「怎麼會？」她笑開了顏，「真的恭喜妳了。」

我突然覺得這時候有彤大姐在身邊真好，她是永遠的陽光，是一股永遠正面與積極的力量，即使在這重重難關當中，她依然可以笑得這麼開懷。

「妳的手電筒呢？掉到哪裡去了？」我們雙雙站了起來，彤大姐開始為我找手電筒。

燈光晃動著，我們緩步前進，彤大姐緊勾著我，往我記得的方向去。

然後，我們找到了手電筒，但是也找到了娃娃。

娃娃竟藏身在草叢中，雙眼瞪著樹頂，嘴巴瞠大、舌頭外吐，從天而降的沙子落在她身上，正逐漸將她的肌膚覆上沙子。

她的頸子，有一條以草編織的繩子。

娃娃死了。

第六章・召喚

十二點二十七分。

十二月二十六日了，依然沒有任何救援到來。

雨沒有再下過，但是狂風未曾歇止，而海浪也愈來愈強勁；我離開草叢後，才發現自己真的被扔得很遠，彤大姐或是 Remy 都只是被撞到旁邊而已，他們才一轉身我就不見了。

那堆草叢邊的樹頂上掛滿了屍體，它們雪白的身子上覆著白沙及海鹽，所以才會那麼的白，而那些粉狀物已經將娃娃覆蓋，她也全身雪白的躺在草叢當中。

我們從草叢出來後，便來到空曠處就地坐下，沒有刻意去找任何人，原本並不打算把發現娃娃屍身的事說出來，但是 Remy 一走近就主動開口：「誰死了？」

他說我們身上沾了新鮮死亡的氣味，這個型男到底是何方神聖？

Remy 建議生火，反正屋子也回不去了，便開始去找可以燒的東西，所以在小石桌下找到瑟縮的樂樂，在徐家的小木屋底下找到徐先生跟潔西，徐太太狼狽的自近海的一棵椰子樹下現身。

我們三個人決定不把娃娃的消息說出來，因為娃娃絕對不是被任何一個鬼殺死的。

她是被勒死的，我不認為那些死靈需要「勒死」一個手無縛雞之力的小女生。走出來的人都不發一語，圍著火堆坐著，徐先生跟潔西的頭髮凌亂、衣衫不整，身上有許多瘀青及抓痕；他們說一進屋子就被鎖住，一堆若有似無的人圍繞著他們、追打著他們，一邊要他們滾出去、一邊又問他們為什麼侵入他們的屋子。

樂樂只是一直啜泣，蜷縮著身子，徐太太兩眼無神的發呆，彷彿驚嚇過度一樣，反應遲鈍了許多。

我則拿著手電筒，開始繞著小木屋四周試探。窗邊站著人，像有人正守護著他們的家園，我一接近，人影就會變多。

「雙胞胎呢？」徐先生突然有點緊張的看向徐太太，「還有小芬呢？」

「咦？」徐太太眨了眨眼，急忙的向身邊尋找，再怎麼看，沙灘上都只有七個人。

「她扔下孩子跑了。」彤大姐沒好氣的出聲，不由得回頭往我們的小木屋看。

「我們好像忘了小芬。」

是啊，連我都不禁回首，當時那種狀況，縮在角落裡的小芬根本不見人影，大家很難顧及她。更何況她是個十五歲的女孩了，爬起來邁開步伐奔跑是件容易的事情吧？

「不是我們忘了小芬，是徐先生夫婦都忘了。」我看向彤大姐，她可別想起身衝進去救人。「是你們兩個把孩子遺忘的。」

徐太太逃命的速度真是無人能敵，前一刻還聽見她撞到椅子的聲音，下一秒就已經不見人影了。徐先生也沒有資格說什麼，我相信他們有被攻擊，但是他應該先解釋一下頰畔的唇印。

我繞著小木屋的另一側，面海的那端有多出來的平台，可以坐在這兒看夕照。

「搞什麼！妳怎麼可以忘記孩子！」徐先生咆哮起來，「快去把孩子找出來。」

「好……好。」徐太太也站了起來，但是她其實相當恐懼，還不時瞥著彤大姐。就是只會利用好心人……自己的孩子自己救吧。我停止搜查，直直走向徐太太，請她不要總是流露可憐兮兮的樣子博取彤大姐的同情，也不要總是把希望放在別人身上。

危難時刻，沒有人需要對別人的生命負責！自私鬼！

「不要想利用彤大姐。」我厲聲開口，話說在前頭。

徐太太一驚，一臉心虛的模樣。

「妳去幫忙吧？」Remy 忽然莫名其妙的開了口，推推潔西。「妳跟徐先生不是同進退嗎？」

彤大姐暗暗的「哇」了一聲，眼看著有八點檔要上演了。

「你在說什麼……我才不要進去那間屋子裡呢。」潔西縮了縮身子，往 Remy 身上靠。「那是他們的小孩，又不是我的。」

徐先生神情複雜的看了潔西一眼，然後舉步維艱的往小木屋走去。

他們遲遲走不到小木屋前，我不禁為裡頭的孩子感到悲哀。

然後，有一股淡淡藍光吸引我的注意，點點如星塵的藍色光芒，自徐太太的手上散發而出。

他們終於步上階梯，徐先生身為一家之主，至少還是走在前頭，抖個不停正準備打開門時，門竟然應聲開了！

我立刻站起，要彤大姐留在原地不要動，接著緊抓著頸間的護身符走上前。

徐先生夫妻嚇得尖叫，兩個人連滾帶爬的摔下木屋前的小階梯。

我跑到他們身邊，防備般的看著門口走出的影子。

結果那是三個活生生的人類，小芬一手抱著嘉嘉、一手牽著緣緣，毫髮無傷的走了出來……在她們身後，是那個女人。

我記得很清楚，是那個一直待在雙胞胎身邊，毫無惡意的女人。

『孩子餓了。』

溫柔的聲音直接傳進了我腦子裡，我狐疑的看向那深不見底的眼窩窟窿，女人正看著我的方向。

樓梯下正上演著一家團聚的戲碼，徐太太緊緊抱住小芬卻被硬生生推開，徐先生緊張的查看雙胞胎是否安然無恙。

「吃的東西，都在屋子裡頭。」我深吸了一口氣，往樓梯上走了一步。「可以請妳幫個忙嗎？」

「安？怎麼回事？」後頭的彤大姐緊張大喊，我不知道有多少人看得見這爛泥鬼影。

「彤大姐。」我呼喚了彤大姐，她立刻跑到我身邊。

我可以感受到裡面有其他自海底爬回的鬼魂，但是那怒意已經少了很多，溫柔的女鬼對我頷了首，請我進去。

「誰都不准進來。」我回首對大家交代，「聚在一起，不要單獨行動。」

我不喜歡恐懼的感覺，因為我嚇得要死，我不覺得進去這間小木屋是明智之舉，更不覺得把自己投入眾鬼中是件好事。

但我還是會這麼做，不是為了外面那些萍水相逢的人，而是為了我自己、為了彤大姐。

為了想瞭解這究竟是怎麼一回事。

我在眾多「注目」下取了食物，彤大姐也戰戰兢兢的幫忙收拾，一邊瞪著那群她根本只看得見部分的鬼群。

我看得很清楚，因為它們周圍都閃爍著藍色的粉塵，只要看著粉塵圈出的形狀，就能知道它們站在哪兒，讓我心驚膽顫。

「為什麼回來？」我收拾好東西，鼓起勇氣問了。

『大海讓我們回來的……回家，大家都要回家。』只有那溫柔的女人願意開口，『沒有人想葬身海底。』

「要怎麼回家？」我其實一點都不想知道這個答案。

『你們可以帶我們回家。』女人將頭轉向門口，『有人願意帶我們走，有人召喚我們，所以大海就送我們回來了。』

什麼意思？有人召喚它們？我就知道事情沒有那麼單純，任何魍魎鬼魅都勢必有人召喚，它們才會知道方向。

我大概太專心想這件事了，完全沒注意接近的藍色光影。

「安……安！」彤大姐的聲音驀地響起，「全部滾遠一點！」

我來不及查看發生什麼事，只知道我的手被彤大姐往前扯拉，急速的跑離小木屋。

『時間快到了，大家就可以回家了。』出門前，我聽見那女人說的最後一句話。

我跟彤大姐兩個人是摔下階梯的，雖然只有四階，但是踩空落下還是痛得很，我們兩個疊在一起滾動，接著就聽見雜亂的腳步聲，將我們緩慢分開。

「還好嗎？不要亂動。」是Remy的聲音，他正在檢查我的腳是否骨折。

「彤大姐，妳流血了。天哪……」樂樂歇斯底里的叫著，她正為彤大姐擦去額角流出的鮮血。

我知道了，為什麼沙灘聚集了無以計數的海底冤魂，卻沒有人正式對我們展開攻擊，因為時間未到——它們在等待清晨的七點五十八分，那個讓它們葬身海底的時刻。

然後它們要我們帶它們回家？我百思不解，我們該怎麼帶它們走？這些人分布世界各地，一間屋子裡什麼語言都有，好不容易才遇到一個會講中文的，否則連溝通都成了問題。

彤大姐的腳踝摔傷了，額角也撞出個洞，被有學過急救的潔西暫時緊急處理好；我則是瘀傷居多，沒有什麼大礙，但至少還能活動。

小芬又呈現靜默狀態，只是她不再瘋瘋癲癲，而是用一種憤恨的眼神瞪著自己的父母，徐先生跟她說不通，便憤而離去，徐太太則忙著照顧雙胞胎。

大家只能挨著彼此坐著，時間一分一秒的流逝，彷彿象徵著我們的生命；我不由自主的望著樂樂跟 Remy 瞧，他們兩個是現在我很放不下心的人。

「先睡一下吧，暫時不會有事。」Remy 坐在潔西身邊，聲音輕幽幽的。

因為恐懼及奔跑的緣故，抽掉了大部分的氣力，所以大家開始輪流休息，有人守夜、有人先睡，我則守著彤大姐守到自己也睡著了。

我再次醒來時已經半夜三點半了，大家幾乎都睡成一團，只有 Remy 在黑暗中亮著雙眼，我突然覺得是否因為他，所以大家才能有數小時的安穩。

火還在劈啪作響，徐先生沒有睡沉，定時起來加柴火，我將他拍醒，精神稍稍好了些，接著大家也陸陸續續的甦醒。

雙胞胎醒了又喊餓，徐太太趕緊弄東西給她們吃。

「媽媽——」嘉嘉笑嘻嘻的說著，然後指向小木屋。「媽媽。」

「媽媽在這裡，來，再吃一口！」徐太太的笑有點僵硬，但盡可能溫柔的餵著孩子。「吃慢一點，要嚼喔。」

她餵食的左手，有一圈泛著藍光的東西。

「徐太太，那是什麼？」我指向她左手上的手環。「好別緻的手環。」

「啊……這個……」下一秒，她竟嗚咽的哭了出聲。「是志偉昨天給我的，他昨天還興高采烈的送給我，今天就、就……」

徐先生擰著眉安慰妻子，長子的死尚未平息，緊接著又遭逢到這樣的事情，任誰精神上都無法承受。

但是，如果因為它們而導致我們身陷危難，我們的精神才無法承受。

「那是死人的遺物。」我不想拐彎抹角了，「他是在海裡撿到的，對吧？」

徐太太一驚，緊跟著所有人都瞪大了眼睛。

「Remy。」我回頭搬救兵，至少要有一個支持者。「你看得見藍光嗎？」

「很清楚。」Remy用力點了頭，「海灘上所有的罹難者都泛著藍色的星光，那只手環上面也是。」

「咦！」徐太太花容失色，緊張的把貝殼手環脫下，甩到沙灘上。

「在海裡撿到的嗎？」彤大姐上前看著，「我怎麼看不見藍色光點？」

「別勉強！」我笑了笑，逕自拾起那只手環看時，樂樂發出一種很噁心的叫聲。

手環上有著海的味道，貝殼製的手環上是由許多片貝殼組成，而在那些鑲黏的縫隙中，嵌有許多白色的沙粒。

召喚大海的，該不會就是這只手環吧？

手環自屍體脫落，漂蕩在大海當中，有誰起了貪念看見了，把它撿走就代表……願意帶它們走？

啊啊！這就對了！因為海裡的遺物被帶走了，大海就把所有未尋獲的屍身都送回來了，它們有處可去了、有人願意帶它們回家了。

「你兒子撿了不該撿的東西！」我凝重的看向徐先生夫婦，「我知道他不是故意的，但是他撿到的……是罹難者的遺物。」

徐太太倒抽一口氣，幾乎要暈了過去。

「怎麼會……難道現在的情況，就只是因為撿到了這個手環嗎？」徐先生趕忙上前，他無法置信。

誰都不想相信這是事實，但是現實總是告訴我們應該要認清。

他走到我身邊凝視著手環，我想不只是這個遺物的問題，還剛好遇上五週年的忌日，同時同地，那些枉死冤魂不可能忘記那突如其來的災禍。

可以在忌日帶它們離開深淵，就算是我，拚命也要爬上沙灘。

只是我覺得這些因子不夠強烈，像這只手環為什麼到昨天才漂浮在近海呢？

「所以它們要什麼？撿到這個會出事嗎？」彤大姐小心翼翼的問著。

「在大海喪生的人是無處可歸的，只能在大海裡漂蕩，或是沉進海底，所以它們一心一意只想回家。」我粗略的把想法說出來，「現在它們都隨著大浪爬回陸地，大概就是認定我們這些人能夠帶它們離開大海，並且送它們回家。」

「怎麼可能？」樂樂驚叫連連，「我們不可能帶它們走啊……它們究竟在想什麼？」

「我不知道。」這是實話，我真的不清楚。

「我不要！我要回家！我現在就想回家！」樂樂哭了出來，「明明只是來玩的，我根本不想要遇到這種事情。」

「我才是好不好！我只是想跟 Remy 一起過耶誕而已！」潔西也不情願的哭喊著，瞪著徐太太不放。「都是你們幹的好事！隨便撿什麼東西，撿出事來了吧！」

「我們怎麼知道！志偉也不知情啊……他只是覺得漂亮，就想送給我當禮物！那是一片孝心！」徐太太嚷了起來，為自己已淹死的兒子抱屈。

「孝心！把鬼都引來了，還什麼孝心！」

「為什麼我們要受到牽連？這太過分了！」

彷彿在應和他們的大吵大鬧，空中的屍體哭得更大聲了，我抬首望向那一具具扭曲的屍首，我可以想見，當初海嘯將它們捲起並且插入樹枝時，它們有多麼的錯愕及恐慌。

那襁褓中的嬰兒，說不定還在找尋媽媽。

「這好歹是志偉的東西，我還是想留下。」徐先生意圖接過手環，「可以嗎？」

「可以。」反正已經於事無補了，就算現在把手環丟進大海裡，也無法制止已經送上岸的屍身。

一點了，離天亮還有一段時間，現在什麼都不知情的我們，也無法去尋求解救的方式。

爭吵聲未歇，大家愈吵愈起勁。

所有人都寧願把時間花在怪罪別人身上，而不願意去面對已經發生的事實，想著該怎麼逃出生天才是重點。

「樂樂。」我打斷了漫無目的的爭吵，「娃娃呢？」

我的問題讓現場沉默下來，回神的人才發現真的一直沒瞧見娃娃。

這是正常現象，危難中大家只看得見自己，以及自己所愛的人。

「娃娃……我不知道。」樂樂瑟縮著身子，「我們剛剛跑出小木屋後就走散了，我回頭瞧不見她，就跑到桌子底下躲起來。」

「是嗎？」我狐疑著，所以說她們兩個早就分開了？

彤大姐瞥了我一眼，Remy也同時往我這兒望過來，我們正猶豫要不要說出娃娃的死訊。

「嘿！我在這裡。」

輕快的聲音從我們身後傳來。

我僵硬的回頭，看向氣喘吁吁的女孩出現在我們面前，笑容依舊，

「對不起，我好像嚇暈過去了，我剛剛才醒來。」娃娃尷尬的笑了笑，一邊朝我們走過來。「大家都還好嗎？我暈多久了？」

她掠過我們，在沙灘上留下明顯的足跡。

在火光的跳躍下，我依然可以看見幾張蒼白的臉色：我、彤大姐、Remy，還有……

兩眼發直的樂樂。

※　※　※

我不知道自己有沒有那個勇氣回頭去找娃娃的屍體，我甚至也不確定在哪個方向，畢竟當時天色太黑，我又摔得迷迷糊糊。

但是，總該不會兩個人都看錯吧？

「妳見到的是娃娃嗎？」害我都忍不住問彤大姐，「剛剛在草叢裡的那、個？」

「不然還有誰？她就……」彤大姐比了個勒住自己頸子的動作，「不是嗎？」

我們不約而同的瞪大雙眼，也只能聳聳肩膀。

不然呢？回頭去找屍體嗎？我現在可沒有那種勇氣了。

「小芬，過來。」徐先生喊著一直窩在遠遠角落的小芬，她是相當有勇氣的人，無視四周的空曠。

小芬沒理他，根本是連正眼都不願意瞧。

徐太太趕緊碎步上前，蹲下身子，好聲好氣的說：「先過來吃點東西，外面這麼冷，好歹也到火邊烤烤身子。」

「不需要。」小芬忽然說出了很正常的人話，「媽，妳不必費心扮演好媽媽的。」

我跟彤大姐不約而同後退一步，看來他們還沒吵完。

我可以感受得到氣氛跟昨天迥異，也感覺得出來那一家六口不像表面那麼和樂，再者，潔西跟 Remy 這對男女朋友也似乎不親暱；而娃娃跟樂樂這對天真的女生，更讓我感到詭異。

「妳在說什麼？起來。」徐先生搬出爸爸的威嚴了。

「爸也是一樣！什麼度假？什麼家庭和樂，根本都是騙人的！」小芬氣急敗壞的跳了起身，「明明就是貌合神離的夫妻、分崩離析的家庭，還裝什麼幸福美滿。」

「徐至芬！」徐先生厲聲吼著她的名字，希望她閉嘴。

「爸爸早就有外遇了，而且動不動劈腿，媽媽根本恨得要死，又要裝寬大！」

小芬走向那對雙胞胎，「還要養情婦的孩子，根本就不甘願。」

彤大姐第一時間不是看向徐先生，而是轉頭看向 Remy。我倒是知道為什麼，徐先生跟頗有韻味的潔西之間，恐怕也不是那麼單純。

原來這個家庭只有表象，那就能解釋為什麼徐太太逃命如此迅速，毫不猶豫的扔下雙胞胎了。

不過小芬至少是親生的吧？

徐太太沒說話，只是站直身子，雙拳緊緊握著。

「剛剛也是，停電時整屋子都是鬼，媽根本不想管妹妹們，拔腿就跑！連我都被扔下來了。」小芬瞪向自己的雙親，「爸呢？你偷吃也擦乾淨一點好不好？口紅印還在臉頰邊。」

潔西默然的後退，眼神搜尋著 Remy 的方向，朝著他走去。

小芬卻忽地旋了半個身子，一把拉住了潔西。「妳幹嘛走？妳不是跟我爸很好嗎？」

氣氛被這十五歲的小女生弄僵了，可是我們沒有插嘴的必要，這是他們的家務事；我只是在想，早上陰陽怪氣的小芬，為什麼跟雙胞胎獨自被遺留在屋內之後，會突然變得那麼正常？

「還有妳男朋友，根本睜一隻眼閉一隻眼嘛。」喔喔，矛頭指向這兒了。

「大家都覺得我的外型看起來比較容易劈腿，其實潔西一直很受歡迎，無法安定的是潔西。」Remy 的口吻帶著點受傷，「說實話，我也受夠了。」

「Remy！」潔西急忙的甩開小芬，往他這兒跑來。「對不起！我真的不會再這樣對你了！昨天是徐先生他先……」

Remy 看著潔西攀在身上的手，任誰聽見那吳儂軟語的聲音，可能都會為之心動；男女之間的吸引力不全是在外表，像潔西這樣柔和具親切力的類型，依然可以吸引很多人。

像彤大姐這樣美豔的，敢接近她的人卻是少之又少。

「我不想再一次等妳回心轉意了。」Remy 扯掉她的手，「妳自由了，潔西，要怎樣都隨便妳了。」

「Remy，不要這樣！」潔西緊張的哭了起來，梨花帶雨的哀求著。

相較於這裡的吵吵鬧鬧，其他人都安靜異常，不發一語的逕自繞到另一邊去坐著，徐先生則安頓快睡著的雙胞胎，娃娃愉快的吃著王子麵，而坐在她身邊的樂樂用一種詭異的眼神直盯著她不放。

而且，那些屍體太安靜了。

小木屋內的、樹枝上的，應該充斥在海灘上的所有屍身，似乎都過度安靜。

彤大姐開始若有所思，拉著我也往火邊靠，天氣在大雨後變得異常的冷，我覺得是因為這裡有太多鬼靈，才會如此凍人。

彤大姐拿出隨身的記事本，開始不知道在寫些什麼，我由衷的希望她最好忘記工作這件事情；而我則拿出那被屍肉沾得亂七八糟的日記，抽出炎亭給我的那張紙後，便扔進火堆裡。

火堆突然爆出一聲巨舌火燄，嚇了大家一跳，但隨即又陷入沉靜。

炎亭給我的紙上就只有寫著「26」，我不想扔掉它，是因為我希望能多少有些線索。

王子麵的包裝紙窸窣作響，我差點就要忘記應該早已經死亡的娃娃了。

「娃娃。」我低聲的叫著她，「妳還好吧？」

「很好啊。」她疑惑的看著我，「我真的只是嚇暈過去而已。」

「是嗎？」我視線下移，她的身上……都是白色的海鹽跟沙子。「妳躲在哪裡？身上怎麼都是沙子？」

「咦？」她低首看著自己的肌膚，「喔，這應該是剛剛坐下來沾到的吧。」

我看向她的頸子，那裡被一層厚厚的白沙覆蓋，厚到看不見勒痕，也厚到竟然不會掉下來？

「樂樂，妳覺得呢？妳認為娃娃還好嗎？」我把目標移向樂樂。

她怔了一下，臉色蒼白如紙，緩緩的點了頭。

「安姐姐，妳怎麼了？」娃娃皺起眉頭，「為什麼一直問我的情況？」

「妳明知道我在問什麼。」我看著火光劈啪作響，心裡感到不安。

只見娃娃把吃完的王子麵包裝袋揉成一團，丟到一邊去，然後用一種很詭異的笑容對著我。

「安姐姐，妳果然是很特別的人。」她邊說，邊用力把自己頸部的沙子抹去。「妳看到我了吧？」

清晰可見的勒痕出現在娃娃的頸子上，而我第一時間查看的是火光下的影子——娃娃有影子？

「那是怎麼回事？」徐太太顫抖著，事實上她就坐在娃娃身邊。「娃娃，妳的脖子？」

「怎麼回事？」娃娃緩緩的回過頭，看向另一邊的樂樂。「妳問她啊……」

樂樂倒抽了一口氣，神色哀戚的拚命搖頭，淚珠不停滴落，恐慌的望著娃娃。

「不是……不是我的錯。」

「為什麼是我的錯？」娃娃噘起嘴，還在裝可愛。「我們明明一起往外逃的，妳為什麼要這麼對我。」

「都怪妳不好，妳為什麼要一直提店長的事。」樂樂僵直雙臂哭喊著，「什麼早知道不要度假就好了，早知道繼續工作現在已經是店長身分了……」

人禍，永遠難以預料。

「所以——妳就勒死我？」娃娃也跳了起來，說著令大家膽顫心驚的話語。

說時遲那時快，樂樂竟然徒手自火堆外抽出一把柴火，直接刺向娃娃的臉龐！

「我明明比妳資深，妳憑什麼當店長！」樂樂歇斯底里的尖叫著，「憑什麼、憑什麼！」

火把刺進了娃娃的眼睛裡，大火一下子就竄燒她全身，火燄吞噬著娃娃的頭髮，燒毀蛋白質的味道嗆人，而火烤肌膚的味道也令人驚惶失色。

徐太太嚇得連退了好幾步，連滾帶爬的重新跑回丈夫身邊，浴火的娃娃卻只是咯咯笑個不停。

她歪著頭，轉了轉頸子，發出喀嗟喀嗟的骨骼聲響，然後當著所有人的面，把插進眼睛裡的木頭抽了出來。

「啵」的一聲，我們都清楚瞧見木柴尖端插著娃娃的眼球，連著神經及血管，自眼窩裡拔出，但是幾秒內就被火燄燒斷。

這是活生生的死人，比那些自海底爬回來的死靈，更加叫人恐懼。

第七章・犧牲

「妳以為妳可以殺我第二次嗎？」娃娃把玩著燃著火的木柴，走向樂樂。「我們是五年的好朋友啊。」

「就是……就是好朋友我才不能忍受！」樂樂忿忿不平的眼裡帶著淚水，「明明我比妳早進公司，明明我才是認真的人，上面卻要升妳為店長。」

她忍不下這口氣，趁亂就勒死了娃娃。

火燄持續燃燒娃娃的身體，但是她並不會痛，高溫熔化她的皮膚與肌肉，血水被逼了出來，但也很快的因為高溫而蒸發；內外壓力的不同使得娃娃的肚子脹起，「砰」一聲，內臟及腸子噴發而出，濺了樂樂一身。

「哇呀……好噁心，妳這噁心的女人！」樂樂狂亂的喊著，「妳已經死了！為什麼不死透一點！為什麼！」

是啊，為什麼？

「因為……這片土地不讓我死啊。」娃娃若無其事的回頭看了我們，「現在這裡充滿了死靈，我怎麼死得了呢？」

「所以說，妳是被迫成為死靈的？」

「可以這麼說。不過有機會的話，我怎麼可能會放過殺死我的人？」娃娃恨恨的瞪著樂樂，「五年前的罹難者想要返家，於是這片土地盈滿思念，而且有人強烈的在召喚海裡的死靈，連我也被叫醒了。」

「被誰叫醒？」彤大姐覺得不可思議，誰死了還可以被叫醒啊？「妳可以選擇當個安分的死人啊。」

我忍著屍體的焦臭味，望著娃娃僅存的一隻眼睛，我突然發現說再多也沒有用了。

她全身化為焦炭，唯有那顆眼珠子骨碌碌轉著，蘊含著強烈的不滿與恨意，彷彿在說著：為什麼是我？為什麼我要這樣就死亡？

那份心情跟這些罹難者重疊了……所以娃娃無法就此死去，她被許多強烈的意念寄託，成了現在這副模樣。

「這份力量是源源不絕的，因為思念未曾間斷。」娃娃背向我們，又看了一眼樂樂。「你們其實也希望發生這樣的事對吧？」

「並沒有！」彤大姐氣急敗壞的回著。

樂樂發著抖往後退，而娃娃竟掠過她，輕鬆的往海邊去，而她每往海走近一步，海浪就退了一大步。

這真的是世界奇景，像另一種版本的摩西過紅海，娃娃一路走到了好幾公尺遠的地方，海浪也退到她腳前……海水堆疊而起，成了一道高高的浪牆，停在娃娃面前。

就像海嘯一般，海水急速的後退，築起三十公尺高的大浪，無情的席捲所有人的性命。

那三十公尺的大浪上面，塞滿了數以千計的臉龐。

在我們面前的是一道以人臉拼湊而成的大浪，它彷若靜止，隨著娃娃的每一個腳步，堆疊得更高。

「可以、可以拍嗎？」彤大姐又在拿自己的相機了。

我壓下她的手。拍這個回去，應該不會有好事。

徐氏一家人緊緊相擁著，小芬依然冷眼旁觀著這一切，潔西在後頭不斷尖叫，巴著 Remy 不放，而那浪牆裡開始出現許多雙手，掙扎著想要鑽出那束縛，想要回到岸上。

娃娃走過的地方露出礁岩，還有幾條小尾的活魚在跳動著。

「一定要這樣嗎，娃娃？」我忍著聲音裡的顫意，試圖跟她溝通。

「為什麼不？為什麼只有我一個人死！」娃娃冷冷地瞪著我，「不過……我倒是可以放一條生路給你們。」

一聽見希望，所有人莫不瞪大雙眼，緩步湊了過來。

「只要你們誰敢走到這裡，穿過這道浪牆，一切就沒事了。」娃娃愉悅的笑著，說著幾乎不可能的任務。

走到她身邊已經夠艱辛了，這底下全是礁岩，更別說得穿過那長達三十公尺，塞滿屍體的浪牆了！

「超噁爛的！」彤大姐皺著眉，一臉死都不願意的模樣。

「我也不要！」潔西嗚咽一聲，往Remy懷裡哭。

「只要我們走過去……就可以了嗎？」我深吸了一口氣，看著其實不算長的距離。

「只要有一個人敢穿過這片牆，我就幫你們阻止它們。」娃娃說得很沉靜，嘴角勾著笑意。

是嗎，只要有一個人，就可以幫助大家離開？

「安？」彤大姐立刻抓住我的手，「妳不要給我來那一套。」

彤大姐知道我在想什麼。在泰國本島時就是這樣，因為我是個情感闕如的人，所以我能夠承受比他人更大的壓力，我可以親手對付我的同事，因此那時我決定犧牲自己，救出米粒跟彤大姐。

但是，今非昔比，我不但找回了悲傷與怒意，我甚至連恐懼也歸返了。

「可是只要有一個人……」我其實很害怕，心跳得無比快速。

「那我去好了。」彤大姐把我往後拉，「比起找回恐懼的妳，搞不好我膽子還比較大。」

「不行，我擔心……」我擔心有鬼，娃娃已經不是生前的娃娃了，她現在是數千意念的綜合體，我如何能全然相信她？

我身上有許多加持過的佛珠、護身符或是法器，我覺得自己是比較適合的人選。

「拜、拜託妳了。」徐太太的聲音幽幽的從身後傳來，她跟徐先生都很誠摯的向我們低首。

「謝謝妳，安。」柔膩的聲音從右後方響起，潔西拉著 Remy 走到我們身後，她甚至還緊緊握著我的手。「一切就拜託妳了。」

「喂！你們就沒一個人要試試看嗎？」彤大姐聲音大了起來，「還真的要讓安去走？」

所有人低首不語，心虛閃過臉龐，這是預料得到的情況，世界上有誰願意為他人犧牲一切呢？

我也不願意，我現在的犧牲是為了我自己和彤大姐。

「我不是為了你們，不要自作多情。」我誠實的說著心裡話。

「安，不要！為什麼要冒這險！」彤大姐死命拉住我。

「凡事都有風險，所以我去，萬一我失敗了，妳得小心。」我附耳提醒她，「小心『活人』。」

她一怔，下意識的用眼尾梭巡所有在現場的人。

我拉開她的手，鼓起勇氣往娃娃的方向去。

每走一步，我的心跳就急速跳動，冷汗不停滑下，我從來沒有經歷過這麼恐怖的感受……放眼望去就可以看見那高浪中的屍體，它們猙獰的呼喊著，雙手拚命往前抓，似乎想要攀上什麼，好讓它們離開那海的束縛。

我開始踩上礁岩，小心翼翼的不讓自己摔倒，也開始懷疑我真的能夠安然通過那滿是屍身的浪牆嗎？會不會我還沒穿過，就已經被拉進去了？

不對……我的腳步不由得緩了下來，我覺得情況很怪，說不上來為什麼，但是我一點都不想走了。

恐懼感侵蝕著我，我不知道原來極端害怕是這樣的感覺，那種掙扎與慌亂，是我從未經歷過的。

「把手環拿去給她吧，讓安還回去。」身後隱約傳來Remy的聲音，然後我止住了步伐。

我離娃娃只剩下數步之遙，回過身子，發現Remy拉著潔西一同前來。潔西面露質疑不想靠近，啜泣聲不止。

「手環怎麼了？」我的身上全被汗浸濕了，我——想逃開。

「把它順便還給大海吧。」Remy逼潔西站直，「妳在幹什麼，安都願意為我們犧牲，妳別靠近就沒事了。」

我接過手環，突然有種懷念的感覺。

有種東西從我指尖傳進我的血液裡，一路直抵我的腦門——我看見一個甜美溫順的女人，我看見徐先生，我看見他們在這片海灘的小木屋陽台上觀賞夕陽，還有徐先生親手為女人戴上了這只貝殼手環的情景。

那女人不是徐太太！她是——下一秒傳進我身上的是冰冷的觸感，我站在小木屋前，發現海浪消失般的後退，才狐疑不已，就看見無情的海嘯席捲而至……然後我失去了意識，沉進了深海當中。

我知道娃娃說的「思念不止」是什麼意思了。因為牽引這些罹難者的不只是返家的強烈意念，還有活著的人對於逝者源源不絕的思念——徐先生還在想念這個手環的主人。

「我就算穿過去也沒有用的。」我恐懼般的尖聲嘶吼，「思念不會停止的。」

娃娃忽然斂起笑容，冷冷的瞪著我們。「安，我也要回家——我也想回家啊。」

她伸長了手，下一秒就朝著我奔來。

「不，安——」彤大姐大聲喊叫著，我知道她要跑過來了，但是來不及，來不及——

剎那間，有一股強大的力量拽過我的手，把我向後拉，而在我以離心力旋過半個身子時，我的眼尾餘光瞧見的是往前衝去的潔西。

Remy 一把將潔西往前推向娃娃，然後左手扯過我，將我拉向後。

力量因為一拉一推而平衡，所以在我踉蹌不止且搞不清楚狀況時，Remy 已經帶著我往岸邊奔去。

「哇呀——」我只聽見潔西的慘叫聲，然後迎上的彤大姐抓住不穩的我，我們不敢稍歇，直往岸邊退。

我最後是因為太過慌張而絆倒的，所幸彤大姐攙著我，回身望去，娃娃緊抓著潔西，往浪牆那兒拖去。

根本還沒有靠近矗立的浪，海裡伸長的手就扣住了潔西的身子，硬把她往裡拖去。

她歇斯底里的尖叫，扭動著身子，而死靈們並沒有把她完全拖進水裡，而是用我難以理解的方式「讓潔西帶它們離開」。

它們爭先恐後的，鑽進潔西的身體裡。

那是靈體，它們鑽進了潔西的身體裡，自四面八方，有人竄進了頭頂，有人從身體鑽入，它們急迫的拚命往她身體裡鑽。

我不知道一個人的身體能負載多少死靈，但是潔西的的慘叫聲不絕於耳，她的臉不正常扭曲，許多死靈喜歡從她未曾閉合的嘴進入，不停的擠。

然後，高浪開始移動了。

「我會回家的。」娃娃轉過頭來，冷冷地的對著樂樂說。「妳會帶我回家的。」

「快、快走。」彤大姐高喊著，眼看著那浪就要打上岸了。「快點找地方躲。」

我們紛紛移動腳步，眼睜睜看著無以計數的臉孔朝著我們撲來。

我跑不動……我直接跪倒在沙灘上頭，彤大姐立刻折返拉著我，卻發現拉不動。

「安。」她的叫聲我聽得見，但是無法回應。

然後，我感覺鋪天蓋地的壓力自上而下，我知道那大浪要撲打上來了。

我不知道要怎麼閃躲三十公尺的海嘯，五年前這裡沒有一棟屋子得以保存，那現在呢？

彤大姐沒有走，她張開雙臂緊緊的抱著我，我們互相緊擁著，緊閉上雙眼。

然後有另一個人來到我身後，也緊緊護著我跟彤大姐。

是Remy，我知道。

浪打了下來，我腦海裡最後想著的，竟然是米粒。

※　※　※

我以為我死了。

當睜開雙眼時，我真的這麼覺得。因為我身上沒有水珠，也沒有疼痛，感覺到的只有緊緊的擁抱。

「咦？」彤大姐的聲音傳來，「啊，是怎樣？作夢嗎？」

我們三個人就這樣蹲在沙灘上，四周已經沒有什麼異樣，眼界裡沒有任何人，包括潔西，業已消失在眼前。

她被浪帶走了嗎？如果她死了，那些鑽進她體內的死靈又要怎麼回去呢？

「耍我？」彤大姐皺起眉，看起來不是很高興。

「我寧願被耍。」我往沙灘上看去，事實上有浪打過的痕跡。

但為什麼我們三人能閃過那大浪的拍擊，誰也不知道。

小木屋的石桌那兒有人探頭出來，他們閃躲的動作的確快到令人佩服。

「安，妳OK吧？」彤大姐用力敲了我的頭，「下次不要再搞這種飛機。」

「不會了。」我虛弱的點點頭，「我突然覺得恐懼是件好事。」

因為恐懼，所以我不敢往前走，也因為如此，我會選擇停止。

說不定即使Remy沒有過來，我也不會靠近娃娃，我會選擇回過身子，拔腿就跑。

人終究是需要恐懼，才不會做出荒唐的錯事，才會懂得什麼可為，什麼不可為。

差一點點，我就要成為愚蠢的人，成為被怨鬼欺騙的犧牲品了。

一切變得非常正常，除了消失的潔西之外。

「潔西死了嗎？」彤大姐張望著，海裡沒有任何漂流的身體。

我看向Remy，心裡五味雜陳。「我很謝謝你救了我，但是為什麼要……」

「我說過我厭了。」Remy淡然的望著遠方，「或許換個人會比較好。」

「換個……人？」彤大姐嚥了口口水，「你換女友的方式真特別。」

我可不覺得這是好事，但是我因此獲救是事實。

「你一開始就打算這麼做嗎？手環，是個幌子。」

「我不否認。」Remy在這時笑了起來，「我不喜歡那個女人，總是輕易劈腿，以為有人會永遠待在她身邊。」

「還是謝謝你了。」我誠摯的道謝。

Remy不以為然的回身，朝著已經被大浪撲熄的火堆那兒步去。

徐先生一家戰戰兢兢的看著我們，小芬始終跟他們保持了一段距離，而樂樂則跟在徐太太身後。

「這個手環，是徐先生的吧？」我亮出了白色的手環，「所以你剛剛才想收藏，不是為了你兒子，是為了某個女人——某個生命喪失在大海嘯裡的女人。」

徐太太則以一種狐疑的眼神看向他，他卻毫不避諱的上前一步，拿過那只手環。

「你之前說你有經歷過南亞大海嘯，只是因為那時你不在這兒，所以逃過一劫對吧？」彤大姐俐落的接了話，「我剛剛就在想，五年前你在這裡。小芬所說的外遇，那對五歲的雙胞胎……這些線索。」

原來彤大姐剛剛在推算的是這件事，她聯想能力一向很強。

「五年前我跟她在這裡度假……那天早上我去市區談生意。」徐先生用一種哀莫大於心死的神情望著手環，「等我回來時，這裡什麼都沒了！她跟屋子，所有的東西都不在了。」

「你……你帶那個女的來這種地方度假？」徐太太不可思議的低吼著，「你不是說你只是來談一筆生意而已。」

「別明知故問。」徐先生對待徐太太總是很漠然。

「那雙胞胎是你情婦留下的嗎？」絕不可能是遺腹子，因為那個女人已經喪生於海嘯當中了。

「她剛生下孩子，託給她妹妹照顧，我帶她來慶祝，結果她就這樣消失了；留下我一個人回到台灣，把雙胞胎接回家。」徐先生懷裡還抱著嘉嘉，「這是她唯一留下來的，我們兩個人的孩子。」

「志偉跟至芬也是你的孩子！」徐太太咬牙切齒的回道，「當初你說你們分手了，我才願意收養孩子的。」

「人都死了，還有什麼分手不分手。」徐先生冷笑著，緊緊握著雪白的手環。

「她的屍體一直沒找到對吧？」我會這樣推論，絕對有根據。木屋裡的女人，溫柔的待在雙胞胎身邊，還有雙胞胎對著她的方向喊媽媽，剛剛在火堆旁也一樣，她們是向著木屋方向喊的，並不是呼喚著徐太太。

孩子們知道自己生母是哪一位。

「怎麼找到？能找到的都是運氣。」徐先生長嘆一聲，將手環收進褲袋裡。

「容我說一句，徐先生，你不能再這樣想著她了。」我殘忍的上前，「你的思念引發了強烈的回應，她是因為你才回來的。」

「什麼？」徐先生對我說的話一臉迷迷糊糊。

「聽清楚！」彤大姐直接攤開來說，「因為你想念她，她被你吸引過來，結果被你兒子撿到信物，然後她就堂而皇之的回來了。也因為她的回來，所有那些罹難者都認為可以回家。」

Great，真是言簡意賅。

「你還在想著那個女人？」元配比較無法接受這殘忍的事實，尤其得知對方已死，自己又比不上一個死人的時候，會更加難堪。「都已經五年了，你不是說要跟我重新開始嗎？」

「我是。但我是真的愛著她。」徐先生並沒有太大聲，為了避免吵醒孩子。

「我受夠了。」徐太太怒不可遏的吼著，往徐先生身上搥打。

要中斷思念，是多麼困難的一件事。

我深知這是不可能的事情，所以我也不再多說；徐太太一手抱著緣緣，一手追打著徐先生，兩個懷中的孩子看起來岌岌可危。

他們才轉過半圈，就被突然現身的女人屍身擋住。

是那個女人。她空洞的雙眼望著徐氏夫妻，身上的爛泥不停的滑落，伸長了手，那是想要接過孩子的動作。

「雲？」徐先生不確定的喊著，換來女屍的頷首。

思念呼喚著情人，難怪有人說，當親人過世時不能哭得太過淒厲，否則逝去的親人將因心疼而捨不得離去。

而徐先生一回到巴東海灘時，他未斷的思念，就召喚了情人。

不僅僅是手環，不僅僅是五週年的祭日，而是他深切繾綣的愛戀，將她自大海喚回；徐先生的思念與她的思念結合，再乘上所有罹難者對家人的想念，倍增的力量造成了現在的困境。

我們已經目睹了潔西被靈體佔據的情況，我不敢想像即使她還活著會變成怎麼樣，但是我並不希望變成那樣。

「哇呀……她是、她是那個女人？」徐太太自然花容失色，畢竟那是具屍體。

徐先生以一種不可思議的臉看著她，既恐懼卻又帶著一種眷戀。

「妳從海底回來了啊？」他把睡沉的孩子横抱著，「這是姐姐，她很健康喔。」

女屍點了點頭，似海水淚珠的液體從臉上的窟窿中流出。

接著，藍色的光點開始點點亮起，充斥在沙灘上。

「我不是故意的……我只是一時氣不過。」樂樂驀地大喊出聲，「娃娃，我真的不是故意的，我討厭妳當店長而已，我是不小心勒死妳的。」

她對空中喊著，我則看著向我們聚集而來的藍色光點。

「別鬧了，現在是怎樣？大家都想要上我們的身嗎？」彤大姐握緊雨傘，低吟的髒話不停竄出。

「八九不離十。」我絞盡腦汁想著，要怎樣在眾多靈體下——炎亭！我能呼喚炎亭嗎？

可是這些靈體會不會侵入炎亭呢？它只是個孩子，就算是乾嬰屍，也只是個小軀殼而已。

「不要過來，走開，走開！」徐太太開始驚恐的叫嚷著，死靈又開始爭身體了。米粒！米粒！你為什麼不在我身邊，為什麼——電光石火間，我想起一件重要的事。

二話不說，我拉了彤大姐就往自己的木屋跑，我不管裡面有什麼，我得衝上二樓，去找我的行李箱。

「安？」她邊跑，邊拿著傘亂揮。

「唸佛號、唸經文什麼的，米粒教過妳啊。」我吼著，發現身上的護身符有點作用，逼近我的靈體會被某種隱形的牆彈開。

「我記不得了。」她氣急敗壞的嚷著，只能抓出自己身上的護身符亂揮亂打。

我們連跑帶跳的上了階梯，一腳踹開木門，門口塞了一堆死靈，長長的手插進我的胸裡。

那是一種奇妙的感受，好像有股冰涼深入體內……我徒手抓住來人的手，再拿天珠往上壓。

它們驚恐的離開，彤大姐用雨傘一一揮打，我們一路往二樓去。

屋內是漆黑的，但是死屍的藍光補強了這一切。

「妳幹嘛？」彤大姐守在樓梯口，拿護身符綁在雨傘上頭，見一個打一個。

我沒時間回答她，先抄起剩餘的符紙，直接就往樓梯口的地面貼，貼得密密麻麻的，這似乎多少有些效果，因為死靈被擋在外頭，怎麼也進不來。

彤大姐又操著手電筒來到我身邊，為我照亮行李箱。

「它們下樓了。」她報告最新戰況。

「樓下還有活體可以寄宿，它們暫時不必來等我們。」我東翻西找，我記得米粒有給我一樣東西，就在出國前一天時，他給了我——

我抽了出來，那是一個小小的盒子。

「這啥？」彤大姐皺起眉頭，看不懂這是什麼。

「普吉島人信奉的神明。」我喜出望外的打開來，米粒在出國前一天時交給我的，說希望多少能保佑我。

在這陌生的土地上，還有什麼比當地的神明更有效？

只是一打開時，我們都愣住了。

躺在木盒裡的，是一尊小小的四面佛。

之前在泰國本島我們才被假的邪惡四面佛整得七葷八素，現在米粒給我這個做什麼！

「他是不是拿錯東西給妳了？」連彤大姐都很畏懼的看著盒裡的四面佛像，看得我們覺得頭痛。

「普吉島是泰國的一部分。」我竟然沒想到，「所以四面佛是他們供奉的神明之一。」

「那妳確定這是真的喔？」彤大姐挑了眉，很明顯不想接近。

「我相信米粒。」他是最可靠的人了。

「好，那妳有沒有多的符可以貼？」彤大姐開始找我剛剛拿出的那包符。

「有……妳要幹嘛？」

「貼在我身上跟雨傘上啊，我可沒有神明守護喔。」彤大姐拿符咒往我身上的口袋裡各塞一張，再把剩下的黏在雨傘上，符咒不夠她就撕我剛剛貼在地板上的充數。

我們現在身處的二樓算是安全地帶，畢竟那些死靈都下樓了。

然後，「嗶嗶嗶嗶、嗶嗶嗶嗶」我的手機傳來簡訊的聲音。

我瘋狂的把它從皮包裡翻出，我收到了一則簡訊。

因為這壓制惡意的空間，米粒的簡訊進來了。

第八章・忌日

螢幕中終於出現簡訊，我迫不及待的打開來看，發現米粒把我寄給他的照片又再轉寄回來給我，上面只多了一行字：屋子下緣。

「這是什麼東西？」彤大姐疑惑的把手機湊近眼前看，「屋子下緣？」

「給我。」我拿過來仔細瞧，其實米粒在我寄給他的照片中，還做了一些美工圖案。

我把相片放大，果然在小木屋陽台的下緣，多了一個紅色的圓圈。

「只有這封嗎？」彤大姐跟我一樣，非常希望能再有多一點的解釋。

不過我凝視著照片，突然意會到米粒想跟我說什麼了。

「怎麼不說清楚一點？」彤大姐很認真的用膠帶把最後一張符紙緊緊黏上雨傘，我突然覺得她那把傘好像比我身上的佛像還無敵。

「好了，完工。」彤大姐喜孜孜的笑著，像欣賞自己的一件勞作。「這是完美武器。」

「夠了，妳都不怕嗎？」我戴好佛像，把它置於衣服外面，感覺有點無奈，因為我是恐懼的。

「怕啊，怕死了，我怕到一個極點，神經會斷掉。」彤大姐的話一點說服力都沒有。

只是她前一秒才笑著，後一秒突然變了臉，眼珠子瞬間掃向我身後，啪的就跳了起來。

我根本措手不及，只感覺到一陣風壓自頭頂掃過，緊接著被彤大姐一掌自後背壓落了地板。

我狼狽的摔上地，回身看去時，看見彤大姐把雨傘直插進一個小孩子的身體裡；小孩周圍也泛著藍光，看來是原本就待在二樓的死靈，也有可能是幫我按掉鬧鐘的那一位。

雨傘穿過了它的身子，彤大姐沒有留情，將孩子往樓下拋去。

我猜，那孩子原本想趁勢塞進我體內吧？

「謝了。」我微微一笑，覺得這兩天好像一直把命交給別人似的。

「小事一樁。」彤大姐還很得意的呢，「這符真不錯用，那個靈體好像毀了。」

「它如果不犯我們，我也不想傷害它們。」我無奈的回著，不能因為它們想回家的執念，就要我們犧牲吧？

突然，外頭的尖叫聲此起彼落，我可以想像留在外頭的人現在有多慘烈。

還是同樣一個問題，一個人身子裡可以塞進幾個靈魂呢？

「走吧。」彤大姐將我拉了起身，小心翼翼的往樓下走去。

徐太太剛好奔過我們小木屋門口，她被許多靈體拉住，它們正想方設法的擠進那不大的身體。

有個死靈冷不防的就把頭塞進徐太太的嘴裡，她瞪著布滿血絲的雙目尖叫著，我可以想像那種腐爛及海水的腥味充斥在嘴裡的噁心感受。

另外幾個架住徐太太的靈體則從她身後或是肚子開始鑽，它們鑽得很辛苦，身子一寸一寸的慢慢沒入，可以想見徐太太的身子裡已經有不少靈體存在了。

把人類當作容器，將靈魂填充進去，然後呢？操控這個人到世界各國，它們才能一一返回自己的家鄉嗎？

彤大姐拿手中的傘往那些鑽到一半的靈體揮去，很奇妙的，雨傘頓時變成削鐵如泥的刀子，將它們的靈魂一斬二半。

「我回去得謝謝米粒。」彤大姐笑著，雖然她的冷汗一直滑落。

徐太太兩眼失神的跪在地上，我無心管她，我現在只知道，唯一的路封了，我們出不去，而要安然的出去，就必須平安的度過清晨的七點五十八分。

我身上的東西多少有點作用，至少沒有死靈能近我的身，而彤大姐挨在我身邊也能稍稍免於攻擊……通常是她先攻擊別人。

我一骨碌跳下階梯，往小木屋下鑽去，每一棟小木屋都離地數公分，而我在陽台下方，終於找到了我懷疑的東西。

彤大姐跟著我彎腰查看，我注意到她身子也一僵。

是花環，那些花環我們再熟悉不過了，那是用來祭祀的花環……而且騰空的地板下，還飄蕩著一張鮮黃色的符紙。

「這是什麼東西？避邪用的嗎？」彤大姐拉住那張飛動的符咒看，完全看不懂。

「我看不是。」我一把就將那張符給撕扯下來，「米粒圈的就是這塊，他要我注意這裡。」

在我自拍的相機裡，可以看見木製的陽台，隱隱約約有東西在飛揚，米粒敏銳的注意到那兒有異樣。

我們飛快的閃開嘶吼哀求的死靈，奔到另一間小木屋的地板下緣，果然一樣也有枯萎的花環跟符紙。

「這一定是召喚死者用的。」

「什麼鬼？」彤大姐一把扯下最後一棟的符紙，「是哪個缺德鬼？」

「菲力。」

這是菲力放的。我用力把符紙捏皺，「那天他送我們來之後，就在每一間木屋附近繞，貼符咒。」

「可是我沒看他拿花啊。」

「花都已經枯了，這不是昨天放的，他一直都有來這裡悼念他過世的妻兒。」為什麼我現在才想到，好可怕。

「啥？」彤大姐自然是丈二金剛摸不著頭腦，在這裡的人都不知道菲力的親人也喪生在無情的海嘯裡。

我簡短的跟她說了那悲哀的故事，回想著菲力的神情，以及他曾說過的話……我也終於明白，為什麼他認定我們不會請他帶我們出去遊覽，因為今天的事早在他的算計之內。

等我們來，等五週年忌，拿我們當誘餌並且貼上召喚亡魂的符咒，他在召喚自己的妻兒，從大海裡回來。

「太過分了……我們跟他毫無關係。」我簡直無法想像，菲力可以對陌生的我們做這樣的事情。

「他刻意要讓我們犧牲的，讓我們承載那些死靈離開。」

彤大姐很難接受我說的話，因為她比我早來三天，跟菲力想必一定較熟稔，而且他也帶著她四處觀光過，在她眼裡的菲力，是個熱情奔放、非常認真負責的好地陪。

但是他的做事風格，不等於他私底下的為人。

「就因為想看自己的妻兒？他不知道他們已經死了嗎？」彤大姐不可思議又夾帶著怒意，不能接受菲力是始作俑者。

「現在該……怎麼辦？」我就算把所有的符都撕碎了，也來不及了。

因為它們已經上岸了啊。

「妳可以幫我們吧？」久違的聲音響起，來自總是神出鬼沒的小芬。

她冷不防的就站在我們身後，無聲無息。我跟彤大姐下意識的緊扣彼此，刻意與小芬拉開距離。

「妳……是被附身的吧？」我打量著她，她四周充滿了死靈。

「附身？」彤大姐顯得很訝異。

「嗯，我猜她並不是小芬本人，而是被附身的，應該是在剛剛斷電後被上的身。」從小木屋出來後，她就判若兩人。

「這個身體是極易被附身的體質，磁場很合。」小芬點了點頭，同意我的說法。

「但是我並沒有打算傷害這個女孩子。」

「上身就是一種傷害了。」

「不上她身，她早就死了。」小芬冷「哼」一聲，彷彿我們應該要感謝似的。「接下來妳打算怎麼做呢？」

「妳要不要告訴我？」我當然不知道，知道的話我還需要在這裡死撐嗎？

「妳得犧牲自己。」小芬很認真的看著我，她的雙眸透出超齡的成熟，異常的沉穩。

「我不要。」這是我一貫的回答，「我沒有那種偉大的胸襟，犧牲自己，成全這些人。」

「它們已經不是人了，一個身體裡擠滿不同的靈魂，套句現代的用語，我會稱它們為瘋子。」小芬說這些話時，嘴角微微一勾。「所以妳現在是救妳自己跟這位大姐。」

「我才不需要別人犧牲，我可以自救。」彤大姐扯扯我的手，「別聽這女生亂扯。」

小芬瞪大了眼睛，很認真的思考幾秒。「我倒是沒有想過這種可能性。」

「妳是誰？為什麼上小芬的身？目的是什麼？」我無法分辨，她是要救我們，還是有何目的？

「很久很久以前，我欠妳一次。」她這一秒還笑著，瞬間就閉上雙眼，癱軟身子倒了下去。

彤大姐及時扶住她，而那群死靈立刻迫不及待的往小芬身邊衝了過來，這讓彤大姐不得不放開手，我們兩個緊緊相依，開始往海邊跑。

我往徐家小木屋奔，因為Remy正悠哉悠哉的坐在上方，看著劇烈的海象。

徐先生即使躲在那情婦屍靈的身邊，也將無法倖免於難，他不停的扭曲身體，發出低沉的咕嚕聲，死靈開始打架，爭著誰能擠進去；就連那對雙胞胎也咿哇的哭號著，小小的身子裡，擠不進太多靈體。

但樂樂呢？那個看起來如此脆弱，卻又如此狠心的女生竟不見蹤影。

死靈並沒有想盡辦法寄宿在Remy的身體，我並非走到這一步才感受到那位

Remy的詭異，其實第二天再次見到他時，他就已經截然不同了。

「Remy。」彤大姐衝到Remy面前。

「天要亮了。」他遙望著遠方，果然在海那邊出現了一絲亮光。

「我們還有幾個小時，來得及吧？」彤大姐看著錶，離七點五十八分還有時間。

「天亮前它們要完成所有的事，誰想等到那個時候啊？」Remy鬆開手，一骨碌跳了下來。「妳身上的神像也撐不了多久，等那些身體都塞滿後，所有剩下靈體就會直接找妳們了。」

「我……」我不安的看著遠方的魚肚白，天要亮了，天就要亮了！

附在小芬身上的東西說，我可以解決這一切，只要我犧牲自己。

Remy挑了眉，那神情更是似曾相識。

「妳什麼時候這麼偉大？」

彤大姐蹙眉，她厭惡Remy的口吻，但是我擋下她想罵人的衝動，斜眼睨著他。

「你不說出個所以然，我會讓你整整一個月都吃不到玉米片。」我語氣冷淡的說：「炎亭。」

他詫異的望向我。

「炎亭？」彤大姐高分貝的喊了起來，錯愕的瞪著眼前的高大帥哥瞧。「你是那個死小孩？」

「什麼死小孩，我叫炎亭！」Remy 一向不喜歡彤大姐，不客氣的推了她一把，像在炫耀自己比她高似的。

「別鬧了！我先不問你附身的事，你把話說清楚。」我扣住了他的雙臂，「現在我該怎麼辦？」

「哼！那古老的死靈說得對，妳得犧牲妳自己。」Remy……或許該說是炎亭，伸長了手指向大海。「妳得進入海裡，妳有那個勇氣嗎？恐懼會把妳吞噬喔。啡啡啡……」

我緩緩的看向惡劣的海象，要我一個人進入那片大海？我還沒有忘記徐家長子的死狀，他在海底必定看到了駭人的景象，或是被死靈爭相拉扯，才活活嚇死，才在身體上出現裂口。

要我進入那樣的海裡？

「死小孩，你在說什麼？為什麼非得要安跳海？我也可以呀。」彤大姐又不客氣的回戳炎亭，他們兩個永遠吵不完。

「妳？」炎亭倒沒有立刻拒絕她，反而很認真的打量起來。「倒也不是不行啊……論起血脈的話，妳比安要強大……」他摩挲下巴，喃喃說著。

「閉嘴。為了我跟彤大姐，為了可以活著離開這裡，我願意試試。」我嚥了口口水，儘管心裡覺得很害怕，還是得鼓起勇氣。

面對自己的恐懼，我必須在得回恐懼的這天，立刻迎戰它。

「那就快吧，這裡只會愈來愈邪惡。」炎亭說著，指向離我們十公尺遠的地方。他指的地方有個踉踉蹌蹌的身影。樂樂蹣跚的走著，臉上全是淚痕。她的身邊站了許多覬覦的死靈，卻沒人動作。

「救救我……」樂樂對著彤大姐大吼著，雙腿一軟就跌在了沙灘上。「娃娃說要搶走我的身體，她要佔據我的身體回家……我不要，我不要啊。」

彤大姐於心不忍的試圖上前，我直覺拉住她，因為我對樂樂這個女孩子存有高度的戒心，一個可以冷血殺死「麻吉」的人，再楚楚可憐都是假的。

「妳殺了人，娃娃當然會對付妳。」我跟彤大姐一起往前去找她。

「可是我不是有意的啊，我真的只是一時氣不過……」樂樂頹然的跪坐在沙灘上，「娃娃，拜託妳放過我，我一定會去自首。」

彤大姐嘆了口氣，早知如此，何必當初呢？她蹲下身子拍拍樂樂的頭，她啜泣著，要彤大姐幫她跟娃娃求情。

「有殺氣。」炎亭的聲音準確無誤的傳進我耳裡。

我立刻一驚，仔細看著樂樂垂在沙子裡的手，她的右手藏著一把水果刀。

「彤大姐，妳會幫我對吧？」

連猶豫都沒有，樂樂火速擎起刀子，直直往彤大姐頸子割去——若不是她眼明手快拿雨傘去擋，只怕已經血染白沙灘了。

雨傘的傘布裂開，彤大姐向後踉蹌的半倒在沙灘上，隻手勉強撐著，她根本來不及反應。樂樂一腳踹下她的身子，逼得彤大姐整個人倒在沙灘上。

「樂樂，妳幹什麼！」我奔過去，卻眼睜睜看著樂樂壓在彤大姐身上，高舉起刀子。

「妳會幫我吧？拜託妳了，彤大姐。」她竟然不斷的哭號著，「讓娃娃跟著妳走吧。」

我竟在此時絆了一跤，緊張的呼喚：「炎亭。」

當我再度抬起頭時，炎亭並沒有趕到彤大姐身邊，他反而是閒散的走向我，從容的蹲在我身邊。

「天快亮嘍，拖拖拉拉的……」嘖嘖兩聲，他連扶我起來都懶。

彤大姐躺在沙灘上，原本伸出雙手要阻止樂樂的刀勢，可是有個人就這麼衝了過來，代替彤大姐被那把水果刀刺進了心臟裡。

樂樂瞪大了眼睛，嚇得鬆開手，往後踉蹌而去。

「妳真的殺了我兩次啊……」娃娃從彤大姐身上勉強坐起，刀子還插在她胸口。

「彤大姐，妳沒事吧？」

「沒、沒事……」彤大姐有一魂一魄剛飛了，只會呆呆的點頭。

娃娃……我衝到彤大姐身邊，不可思議的看著以原本面貌出現的娃娃，她低首看著胸口的刀柄，背影有點哀傷。

樂樂掙扎著半站起身，雙手摀著嘴，看起來像受到極度驚嚇。

「我真的……以為我們一輩子都會是好朋友的。」娃娃低垂著頭，有些頹喪。

「我當店長，妳當副店長，我們的默契十足，會非常棒的。」

樂樂甩著頭，豆大的淚珠四處亂飛。

「我不要死，我才不要死。」樂樂尖吼著，回身往徐太太那兒衝去。

娃娃只是高舉了手，圍繞著樂樂的死靈忽地朝她衝了過去，第一隻順利的從她的背後鑽了進去。

「哇啊——我不要，我不要。」樂樂被迫停下了身子，如同潔西一樣的扭曲。「娃娃、娃娃，我們是好朋友，我們是好朋友啊。」

娃娃幽幽的轉過頭來，灰暗的眼神讓人看了也心疼。

「好朋友不會殺了對方吧？」她凝視著我，把胸口那把刀抽出來。

「不會。」我肯定的回望她。

然後娃娃走近我，竟一把扯下我的神像，塞在我手中。

我錯愕的望著手中的四面佛像，莫名其妙的看向她。

「讓大家都回家吧。」娃娃悽楚的臉龐劃上了笑容，深紅色的血淚淌過臉龐。

她雙手掌心向我，使勁一推，我瞬間就被她推進了海底。

天快亮了，海浪愈來愈急，許多靈魂爭先恐後的上來，大海送返的靈魂連送都送不完，因為當年的罹難者實在太多了。

死靈上岸，就是為找尋可以寄宿的身體，我向後騰空飛起，直直往海裡去，還與許多上岸的死靈擦身而過。

炎亭說的，小芬說的，我必須切斷這個聯繫。

我落進冰冷的海裡前，聽見彤大姐嘶喊著我的名。

才剛落海，我被冰冷席捲——下一瞬間，我雙腳被人緊握住，直直拖進了海底。

※ ※ ※

海水好冷……

我被好多股力量拉住，往深海裡拖。

我吃力的睜眼，看見無數的屍體，在海裡載浮載沉……就跟現在的我一樣，它們哭號著，用各種方式告訴我，它們想回家。

諸多情緒與記憶竄進我的腦子裡，我盡可能的排除，不排除的話，只怕我會瘋掉。

但是為什麼我覺得這種感覺，似曾相識？

好像很久很久以前我也曾在水裡，但是有人把我拉離了水裡。他們慌張的看著我，對我施救，然後對我的轉醒欣喜若狂。

『妳怎麼能這麼自私呢？』有個滿臉皺紋的婆婆對我吼，『妳不能現在死啊。』

『橫豎都是一死，有差這一刻嗎？』我歇斯底里的喊著，心裡痛得無法承受。『有啊，妳必須是被敵人活捉，公開的斬首啊。』我四周的人嚷叫著，『妳生來就是為了這一刻而犧牲的。』

不！為什麼我必須要為他人犧牲自己的人生？我為什麼不能為了自己而活？

「啊！」我突然清醒過來，我沒有氧氣了。

我使勁的往上游，但是那些死靈都抓著我的腳不放，像徐太太的大兒子一樣，死於身體的爭奪。

我拿著手中的神像揮舞，默默唸著米粒教過我的所有經文，身子突然一鬆，緊接著就彈上了水面。

好不容易換了口氣，我離岸邊已經有段距離了。

我在大海裡漂浮著，身邊許多屍體也一起漂蕩，它們的頭一起露出海面，嘔啞嘈雜。

「閃遠一點。」我學彤大姐，拿出自己的勇氣。

我擁有恐懼，現在必須面對自己的恐懼。

一股力量再度圈住我的身子，我下一秒又筆直被拖進了海底。

它們冒險扯下繩子，神像在我眼前往深海底沉，而我只能感受到它們竄進我的身子裡頭……想家的思緒襲來，我只能感受到強烈的思念與悲傷。

我……我也想回家啊，為什麼我會身陷在這個地方？為什麼要成為你們寄宿的身體？

被侵入的感覺痛苦異常，我知道為什麼潔西或是徐先生會扭曲著身子，因為實在太痛了，好像有人活生生的撕裂自己的身體，把體內的器官排開一樣，痛徹心腑。

我還是吃力的往下游，我想拿回神像，我必須……

神像落上了地，我痛得無法控制自己的身體，就隨便用手一撈，連土帶神像的自海泥中鏟起。

然後泥沙在海裡溶解，自我的指縫中流失，我的手裡最後剩下那尊四面佛像……還有一把特別的金色梳子。

金色的梳子離開泥土後在海底閃閃發光，我注意到海面開始變亮，太陽出來了。

來不及了，我緊握著手裡的東西，用生命去祈禱。

如果我必須死在這裡……那請讓彤大姐回去，請讓她安然無恙的返回，沒有任何附身，沒有任何損害，拜託請讓她平安的回家去。

然後，讓我的靈魂可以回家，回到有炎亭的家裡，回到米粒的身邊。

海水的冰冷終究削去了我的意識與體力，再痛……我也只能任人宰割。我腦子裡想的是吃著玉米片的炎亭，還有遙遠彼方的米粒。

我喜歡他，為什麼我沒有早點說出來？

但至少請讓我回家，因為米粒可以看得見靈體，我想要跟他說最後一句話。

意識朦朧，我像又回到夢裡。

『我為什麼非得犧牲自己？為什麼是我！』

『這是妳的宿命。』婆婆幽幽說著，撫著我的臉龐。『如果有下輩子，請為自己而活。』

我在哭泣，我被迫接受自己的命運，我低首望向剛剛投河的河面，見著了穿著和服的自己。

那真的是我，有著一模一樣的那張臉。

我不為任何人犧牲自己，我只是順著必然的命運安排……如果我逃不過，至少要讓我深愛的人逃過。

有股熱度自我體內傳來，我掌心內開始泛出白光，但是我已經沒有太多力氣了。如果我看得見的話，我會看到自我體內迸射出萬丈光芒，自海底透射到海面，自大海一路到了陸地。

剛剛塞進人體的死靈們被逼了出來，它們起先哭號著，伴隨著樹枝上的屍身哀鳴；但是很快的它們好像看見了什麼，淚痕未乾之際，以一種欣喜若狂的神情離去。

彤大姐說，那是一種淨化，她軟倒在沙灘上時，只能想到這個名詞。

「幹！安，幹得好。」她最後興奮的說著這句話，便昏了過去。

第九章・重生

我在醫院醒來時，是二〇〇九年十二月二十六日，上午七時五十八分五十五秒。不是我算得精準，而是當我睜開雙眼時，牆上的時鐘是這樣顯示的，連護士都嚇了一跳，因為我被撈起時已經沒有心跳，經過急救撿回一命，卻突然雙目炯炯的睜眼。

那是因為我聽見呼喚，有人在叫我。

不過我只醒來二十秒，又沉沉睡去，一直到兩天後才全然甦醒；我醒來時看見夕陽餘暉，還有站在窗邊的挺拔身影。

米粒說他在出外景時就知道有問題了，是炎亭托夢跟他說的，所以他工作一結束就飛來普吉島，一路上聯絡不上我，就知道鐵定出事。

他一路到度假村，發現他們在坍方後的挖掘動作出奇的慢，一下機器失靈，一下又說雨太大，就把小木屋裡的客人困在那兒二十個小時。

一直到他趕到時，才稍有進展。

救護人員衝到小木屋時，所有人都在沙灘上昏迷不醒，他們還在草叢裡找到娃娃的屍體，而潔西及樂樂則下落不明。

唯一醒著的只有彤大姐，他們說她圈著游泳圈，試圖下去救我；我那時浮在海面上，他們很容易撈到我，我被救上岸時根本已經沒了心跳，但是施救過後奇蹟似的恢復跳動。

其他人的狀況聽說都很正常，至少我知道彤大姐沒事，只是虛弱了些，可是恢復得比我還快，我是完全無外傷，但是好像所有的精力都被抽離似的。

Remy 是最健康的人了，但他卻是一個對這段記憶完全空白的人。

他說他第一天晚上回小木屋去喝悶酒，因為潔西跟徐先生過從甚密，昏昏沉沉的上床睡覺後，記憶完全空白，一直到從醫院醒來為止。

我想，忘掉這一切對 Remy 來說或許是好事，當然我也不會提起是他親手把潔西推進大海裡的這件事情，畢竟那種絕情的事情只有炎亭才做得出來。

救難人員還在搜尋潔西跟樂樂的遺體，只是在這茫茫大海中，機會渺茫。

我對於米粒能陪在我身邊非常欣慰，更慶幸自己再一次活了下來。

「啊……果然。」米粒坐在一旁看報紙，正在收拾行李的我好奇的回頭。

他把報紙攤給我看，上頭報導了一樁自殺案，有一名男子多日前跳海，地點就在我們那片海灘的附近。

報紙上是菲力的照片，他在二十四號當晚就已經跳海自殺。

他貼上了召喚符紙，選在那片海岸自殺，這樣子……他的靈魂就能一同被大海送返嗎？

「好奇怪……我以為他做這些事是想見妻兒一面。」我不明所以看著報紙，這跟我預料的有極大差距。

「說不定……已經見到了？」米粒凝重的蹙起眉頭，他在沉思著。

門外忽然衝進一個身影，彤大姐慌慌張張的跑到我床邊。

「找到潔西了。」她上氣不接下氣的說著，「她還活著。」

我承認這消息讓我非常震驚，明明在大海消失的潔西，竟然能活著？

「她漂到另一個島去，被救了起來，還毫髮無傷。」彤大姐用力嚥了口口水，「會有這樣的事情嗎？連大海都在守護她？」

「精神狀況呢？」我可是目睹她被眾多死靈侵入。

「好像還很OK，她……也在這間醫院。」彤大姐眼神飄移，往外看去。

潔西也在這間醫院？我不得不說，非常想去看她一眼。

「差不多該走了，我們就順便繞一下吧！」班機是下午的，我們的確該前往機場了。

三個人心裡想的都一樣，彤大姐也早就打聽好了，即使潔西的病房外有人在看顧，我們只要報出同是海灘受害者，就能堂而皇之的進入。

躺在床上的潔西有點虛弱，但是神智清醒得很。

「嗨，潔西。」彤大姐很熱絡的跟她打招呼。

「嗨……」她勉強擠出笑容，有些期待般的看向我身後。直到米粒的身影出現，換得她眼底的失望。

「怎麼？在找 Remy 嗎？」他應該早就到她身邊了吧？

「嗯……沒事。」她搖了搖頭，「我們那團的人都在這裡嗎？大家都好嗎？」

「下午就要一起搭機回去了。」除了未尋得的樂樂及死亡的娃娃外，大家算是平安。

「那、那地陪呢？」她虛弱的問著，「我以為會來看我們的……」

菲力？無緣無故為什麼潔西會提起菲力？

我立刻看了米粒一眼，他想的應該跟我猜的差不多。

「所以小姐，妳不是潔西？」米粒拉開簾子，「妳是菲力的老婆？」

潔西一驚，神色益加蒼白的轉過頭去。

「她是——」彤大姐瞠目結舌的指向潔西，「喂！妳丈夫非常差勁加惡劣妳知道嗎？竟然為了見妳，害得大家差點死於非命。」

我趕緊上前把彤大姐拉離床邊，再下去她可能會罵得「潔西」無地自容。

「妳見不到他的，他為了想要跟妳一起找身體寄宿，已經自殺了。」米粒既溫和又殘忍的告訴那個潔西實情，「我猜他的目是要徐先生夫婦吧？這樣連你們的小孩都可以一起附在雙胞胎身上。」

潔西別過頭，緊抿著唇卻不發一語。

「但是很遺憾，他選擇的是自殺。」米粒嘆了一口氣，「他去的是地獄，跟妳永遠都不會相見。」

潔西緊咬著的唇滲出血珠，她忍著哭聲開始顫抖，她痛苦的悶哭著，終至雙手掩面，喊著菲力的名字。

我們決定離開，離去前我為她拉起簾子，淡淡的說聲：「早日康復，好好活下去。」

離開潔西病房時，在外面碰到徐先生一家，他們也是要來探望潔西的；米粒婉轉的告訴他們現在不方便，潔西身子不舒服，他們才勉強作罷。

「該去機場了，把祝福託給 Remy 吧。」彤大姐指著繞回來的 Remy。

大家簡短的道別，小芬也恢復正常，她對那晚的記憶同樣不深，不過總算是恢復了開朗的個性。

「嘉嘉！去哪裡？不能亂跑！」小芬即時把要跑進潔西病房裡的雙胞胎姊姊抱住，「不可以唷，我們要走了。」

「媽媽……媽媽。」緊皺著眉，帶著淚喊著媽媽。

「媽媽在前面，走了走了。」小芬索性一把將嘉嘉抱起，趕忙追上徐氏夫婦。

我跟米粒互看了一眼，菲力的孩子準確的獲得了嘉嘉的身體，但是菲力夫妻卻沒有獲得徐氏夫婦的身體。

菲力的如意算盤算是成功，他的妻兒成功從大海中歸返，但是卻面臨更加悲哀的情況，他們一家三口，終其一生都必須分散在不同的地方，不得相見。

這是另一種報應吧，我想。懷抱著滿滿的愛與希望，不惜犧牲他人換得重生，卻必須失去摯愛。

米粒說他如果沒推斷錯誤，潔西的身上還有其他靈魂，她痊癒後或許會周遊各地，釋放身體內急於歸鄉的死靈。

我們一同搭機返台，一路順遂，炎亭早就已經離開Remy的身子，恐怕現在已經在家裡等我回去了。

「唉！真沒想到好好一個度假，竟會發生這樣的事……」領行李時，彤大姐居然還有臉咕噥。

「葛宇彤！」我沒好氣的瞪著她，「要不是妳搞那個假抽獎，我們會出這種事嗎？」

米粒冷眼立刻一掃，彤大姐委屈般的嘛起嘴，她在普吉島時已經被米粒唸過無數回了。

「那是工作啊！不然呢？而且我認為那一切都是造假的嘛！」她嘆口氣，「早知道應該先拿照片去妳家，讓那死小鬼看一下。」

「拜託妳以後不要再接這種工作！」我語帶警告，「任何有關靈異鬼魅的事一定都要先跟我說——不管妳信不信。」

「對不起嘛。」彤大姐深深一鞠躬，忽又俏皮的抬首。「不過妳找回恐懼啦，我可以將功贖罪吧？」

「葛、宇、彤。」氣溫登時低了十幾度，米粒擰著眉瞪她。

「這不公平吧，要不是我的話……」她還在那兒理直氣壯，不遠處徐氏一家走來，徐先生推著行李車，小芬手上抱著嘉嘉，徐太太抱著緣緣，大兒子的骨灰放在最上層。

我們彼此頷首，一切盡在不言中。

然後，我注意到徐太太的手上圈著那只白色的貝殼手環，這令人訝異，我沒想到有心胸這麼寬大的女人。

「那個手環……」就算是兒子撿到的，也該知道是丈夫送給情婦的東西吧？

「喔，我一開始就很喜歡它。」她靦腆一笑，有點滿足的凝視著手環。「總算是戴回來了……」

總算？戴回來？我沒有忽略掉這中間的用詞，更沒有錯看她懷中的孩子，是多麼的黏著自己的母親。

「雲？」在前頭的徐先生回首，眼底充滿了憐愛。

於是徐太太，再次跟我道謝，然後匆匆離去。

「雲？徐太太不是叫惠如？」連彤大姐都發現了，「說話的方式、語氣、調調都不一樣……喂喂，那該不會是那位情婦吧？」

我笑而不答，如果他們這樣能幸福，我倒是沒什麼意見。

望著他們一家人遠去的身影，只有趴在小芬背上的嘉嘉，露出了一種不甘願的神情，可能在思念她遠在普吉的母親吧？

其實……雙胞胎是不是原來的那對，或是她們體內有些什麼人，也都無人可知了。

我們在機場跟彤大姐分道揚鑣，我跟米粒坐同輛計程車回去，他堅持要先陪我回家，擔心我在路上又出事。

怎麼可能呢？我心裡想著，但是卻沒有拒絕他。

因為有米粒在，我會很安心。

「聽彤大姐說，那些好像是我淨化掉的。」我不敢在車上講，一下車就跟他分享。「我還作了很奇怪的夢，而且夢跟現實不停交雜。」

「是嗎？怎麼樣的夢？」他為我提行李，我們一塊上了樓。

「日本的夢。」我站在門口，回想那似真似幻的夢境。「我穿著高級和服，很多人說犧牲是我的宿命。」

他狐疑的看著我，顯然對我跳躍式的夢境不明瞭。

不需要鑰匙，門就自動開了，炎亭向來都會幫我們開門。

「我回來了。」我不甚愉悅的進門，炎亭正站在沙發椅背上看電視。

「嗨！不錯嘛，還活著啊。」它跳來跳去。

「你可以開始解釋了！為什麼不跟我走，要搞附身這一套。」我睨著他，「而且你早知道這麼多事，為什麼不說。」

「妳沒聽過天機不可洩露喔？」嘖，炎亭電視看太多了。「而且那片海域妳非去不可。」

「為什麼？」我打開冰箱，很高興沒有鮮奶了。

哼哼，要威脅炎亭沒有比食物更好的方式了。

炎亭果然不想說話，又漠然的看著電視，假裝沒聽見我講話。

「有本事你自己去買鮮奶跟玉米片。」我冷冷的撂下一句話，果然讓炎亭倏地正首。

「妳敢威脅我？」它的利甲自指尖竄出，發出金屬摩擦的聲音。

「怎麼？」我可是小鬼的主人。

「哼！哼！」他的氣自鼻孔而出，非常的不甘願。「那裡有日本過往的沉船，跟妳有關係，所以妳才能找回恐懼！」

我挑起一抹笑，老實說不就好了。

米粒這才從袋子裡拿出剛剛買的鮮奶，好整以暇的盛在我遞上的盤子裡，新買的玉米片也將盤裡裝得滿滿。

「炎亭，那為什麼你要附在Remy身上？有人類的身體又不阻止事情發生。喔，你還把潔西推進海裡。」

「大人的身體比較好做事，我不想帶著我的身體去，有危險。」炎亭開心的跳到餐桌上，愉悅的拿起它專用的圍兜兜。「其他的人干我什麼事？我是妳的小鬼，我顧著妳就好了。」

這話聽起來很無情，但是我卻覺得很窩心。

而且炎亭不如它說的冷酷，它可是事事都顧到了彤大姐。有意的保護她、不讓她見鬼、也不讓她受傷。

「炎亭不會干預天道運行。」米粒逕自開冰箱，拿了兩瓶啤酒。「它跟我說，它只是為了妳們的安全。」

「謝謝你。」我坐到炎亭身邊，對著他鄭重道謝。

炎亭不知道是害羞還是怎樣，尷尬的避開我的眼神，吞下一大湯匙的玉米片。

「炎亭，你知道我前世的事對吧？」我從上衣口袋中，拿出了一個閃著金色光芒的東西。「我在海底時，撿到這個。」

我拿出金色的梳子，我還沒調查這玩意兒的來歷，不過炎亭提到日本沉船，我的夢境又跟日本有關，所以金色梳子想必是日本之物。

尤其梳子上方，又有電視時代劇裡的「家徽」。

炎亭顧著吃玉米片，但是有多看了梳子兩眼。

米粒接過去端詳，蹙著眉相當嚴肅。

「我覺得是這個救了我。」

「嗯，那是個很有力量的東西。」炎亭終於出聲，「妳手上握有它跟佛像，再加上妳的想法……妳想回家的心態跟它們重疊，它們能夠體會妳的心情，所以才能幫大家找了一條最好的路。」

「所以這就是你要我犧牲的意思嗎？」我再問。

「妳是為了自己的私念犧牲，而不是為了別人。」炎亭又倒了一些玉米片，「這是妳前世的願望。」

如果不想這麼做，我就不會沉入大海，也就不會找到這閃閃發光的金色梳子。

這麼說，我夢到的都不是夢境，而是前世的記憶嘍？

大手忽地包覆住我的柔荑，我看向米粒，我知道他正擔心我。

「我必須去日本一趟。」我認真的反握住他的雙手，「你願意陪我去嗎？」

「妳知道我願意陪妳去任何地方。」

他微微一笑，那眼底藏著我無法忽視的愛戀。

「啡啡……」炎亭托著腮，咯咯笑著。「那就要有一起下地獄的打算吧。」

我望著米粒，他也堅定的望著我。

我們都知道，只要兩個在一起，即使地獄也沒關係。

尾聲

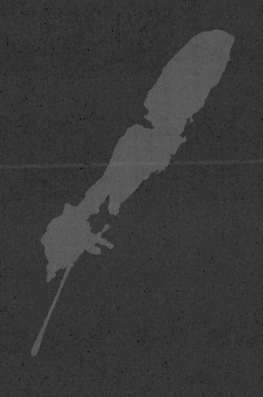

2010.01.16　Thu.　台北冷雨

2009 年過去了，我想這是很複雜又轟轟烈烈的一年。

我連著找回了兩個失落的情感，憤怒與恐懼。這之中發生了很多事情，我也得一一熬過。

剛從巴東海灘回來，很多事情已經改變，團員的個性都變了，因為他們已經失去原本的靈魂；而娃娃的遺體被運回來，事實證明她是被勒斃的，彤大姐直接說是樂樂下的手。

但是樂樂下落不明，所以這件案子不了了之。

而我知道，樂樂沒有死。

彤大姐昨天寄了封 mail 來，有人寄一個隨身碟到她那個「真相雜誌社」，直接指名寄給葛宇彤。

隨身碟裡的檔案設有密碼，密碼提示是：這次旅遊的數字。彤大姐不假思索的輸入 20041226，相片順勢開啟，彤大姐飛快的轉寄過來。

照片裡的女人頭戴帽子、墨鏡與口罩，全身赤裸的站著。

她的身上，擠滿了各式各樣的臉孔，從體內撐著皮膚而出，每一張臉孔擠得密不透風，都在嘶喊著。

還有另一段錄影檔，是裡頭那女人哭著喊救命的聲音，求彤大姐救救她。她身上簡直是「萬頭攢動」，每一張臉不只是努力想從她身體內鑽出來，而且它們還扭動著。

那是樂樂，炎亭在我肩上說了聲活該，我便把信件刪除。彤大姐只做到一月底，她也不去管這件事了，她也受夠一再的被利用。

我們當作這件事不存在，我們一切安好，而且我還在海底找到了關乎我前世的物品，這是可喜可賀的事情。

夢境依舊圍繞著我，最近有變化的趨勢，但是有米粒在我身邊，我就比較不會作夢。

在他懷裡醒來的感覺異常美好，我雖然依舊沒有狂喜的情緒，至少我知道什麼是愛。

我愛米粒，如同他愛著我一樣。

既然我連恐懼都面臨過了，我想我並不需要害怕即將面對的未來……或者說是面對我的過去，比較貼切。

我最後一個情感，亡佚在日本。

看來我的前世是個日本人，而我想知道究竟發生了什麼事，會讓一個女人寧願不要喜、怒、哀與恐懼的情緒，造成下輩子的我，情感闕如。

我即將要去日本尋找，買了日本旅遊書回來，我希望炎亭指點我該往何處找尋……它沒有指向東京美麗的櫻花雨，而是指向那一大片的青蔥蓊鬱。

青木原樹海，那個進去就出不來的死亡聖地。

我的前世。

番外・回家

好不容易、好不容易……她壓抑著激動的心，望著一望無際的海灘，經過五年，她終於回來了！

車子停了下來，那時的飯店、一樣的沙灘，走下車子，淚水瞬間奪眶而出！

身邊的男人即刻擁住她，女人沒克制住淚水，撲進他懷中痛哭失聲。

當地的導遊見狀，心裡大約有數，只怕……是曾來此度假，遭遇過海嘯的人嗎？

「沒事，我沒事。」女人抹著淚，倔強的說，輕輕推開男人的懷抱，轉身往接駁車那兒去。「爸！媽！到了！我們到了！」

車上有著頭髮花白的父母，他們正皺著眉看向窗外，眼角噙淚，目帶恐懼，誰都不想下車的抗拒著。

前頭還在打遊戲的男孩伸了伸懶腰，拎著背包就要下車。

「到嘍！」他跳下車子，迎著陽光開心的笑了起來。

「爸，媽。」女人再次催促，「下車吧。」

母親顫抖著看向她，開始緩速搖頭，再搖了搖頭。

「沒事的。」她溫柔的笑著，主動上車。「現在沒有地震，也沒有海嘯。」

車外的弟弟戴著鴨舌帽，這種生離死別他不懂，當年出事時他才五歲，右腳上的疤痕仍在，但什麼記憶都沒有了。

姐姐說，他們一大早就跑到泳池玩，什麼都沒搞清楚的情況下，海嘯襲來，跑再快都來不及，大水沖進了飯店、捲走了無以計數的人，也包括記憶中極為模糊的哥哥。

「我什麼都不記得了。」男孩望著眼前平靜的藍色海洋。

「不記得是種恩賜。」彼得淺笑著，他是未來的姐夫，有著歐洲人深刻的五官，說著具腔調但流利的中文。

彼得與姐姐是在海嘯裡認識的，他們當時抓在同一棵樹上，一起被沖走，一起在藏有各種物品的大水中被割得遍體鱗傷，卻也抓上同一塊門板，一起漂向大海、在海上漂流，一同獲救。

未來的姐夫說，那五天他們沒有彼此就活不下來，所以他們成為對方的另外一半。

當地人都能隱約感覺到這家人在這裡經歷過什麼，事隔多年，有人再也不敢回到這兒，也有人想再回來一次。

將父母安置好後，趙雅依走出房間，彼得試探的看向她。

「沒辦法，他們還是不敢接近海洋。」她笑得無助，「我說不定也……」

「親愛的，我們說好的。」彼得站在她身後，溫柔的搭上她的肩。「無論如何，總是要試試看。」

試試看啊……趙雅依難受的閉上雙眼，她不知道自己是否有那份勇氣。

「那小子呢？」打開連通門到了隔壁房，趙雅依卻找不到弟弟的身影。

「他等不及已經先下水了。」彼得朝未婚妻微笑，「走吧？」

看著男人的手，趙雅依還是相當掙扎，不過最後一咬牙，還是決定踏出那一步。

五年前，也是先去海邊游泳的哥哥再也沒有回來，那場災難中能找到屍體已是萬幸，哥哥的遺體只怕已經沉沒在大海的一角了；那時的她也被沖散，在水裡翻滾碰撞，全身皮開肉綻，手骨甚至穿刺而出，在浮滿各式物品與屍體的泥水裡掙扎著求生。

在漂流過程中遇上了彼得，是他用粗壯的手臂攔腰抱住無力游泳的她，把她帶到身邊的大樹旁，接著他們一塊被沖往大海。

在水裡的痛太深刻，刻進了記憶裡，讓她此後不敢再游泳或接近海邊。

只是，結婚在即，他們想要解開心中的結、那個讓他們不敢回憶，卻又促成他們在一起的海嘯景點；來到海邊，彼得亦步亦趨的跟在她身邊，給予她無盡勇氣。

「你都不害怕的嗎？」趙雅依悄聲的問，事件發生後，彼得甚至去學了潛水。

「怕啊，就是怕，才想突破。」彼得笑容裡帶了一抹澀意，「我不想一輩子被這件事綁住。」

「好勇敢吶。」她笑著，當年也是他的勇敢救了她。

「妳也很勇敢，我可沒忘記在門板上的女孩，是怎麼用一根樹枝擊退鯊魚的。」彼得溺愛的揉揉她的髮。

那是在大海裡漂流時，他們輪流上門板，血腥味似乎引來了魚群，趙雅依拿著手裡的樹枝，一隻一隻的戳退，英姿颯颯叫彼得移不開眼。

「那是求生！」她紅了臉。

「那代表我的雅依本來就是這麼勇敢的女人。」摟過女孩，吻上她的髮，彼得總是這樣讚美她。

踏上沙灘時她就在發抖了，聽著海浪沙沙聲只有畏懼，看著一波又一波打上的海浪，她都會想起那天排山倒海的滔天巨浪，如何吞噬掉所有生命！

「我不行……」她戛然止步，恐懼的回首。「我真的……」

「雅依！」彼得拉住她，「我陪妳，我陪妳下水。」

「不不……彼得，我真的不行！」她哀求著，「我不要碰水，我真的不能下海，海水很可怕！」

「我抱著妳好嗎？」彼得將她摟在懷中，「親愛的，妳不能躲一輩子，如果我們以後有孩子了，妳要永遠不讓他接觸海嗎？」

趙雅依顫抖著抿緊雙唇。

「妳要遠遠的在岸上看著他們玩耍，也不願意下去嗎？」彼得低聲繼續說，「萬一……」

「沒有萬一！不會有萬一！」趙雅依驚恐的推開他，「對，就不要帶他們到海邊就好，只要不要到海邊玩就什麼事都沒有了！」

她尖叫著，逃避是人類最擅長的事之一！

彼得不能再勉強她，抱著她都感受到她全身的顫抖，只是當趙雅依衝離沒幾步後，卻又主動停了下來。彼得也不動，他回首看著最愛女人的背影，看著她壓抑發抖的身軀，雙手緊握飽拳，咬著牙最終回過了身，重新走向他。

「說好了要在我旁邊。」

這幾個字，也是硬從齒縫裡一字字迸出來的。

她怕！怕死了！但是彼得說得沒錯，難道她要逃一輩子？以後如果有了孩子，難道真的要阻止他們接近大海？什麼叫沒有萬一，她都能遇到南亞大海嘯了，誰知道明天跟意外哪個會先到呢。

彼得笑了起來，珍惜的擁著她，這才是他最愛的雅依。

相擁著走向海邊，趙雅依呼吸越來越急促，緊緊扣著彼得的手。

「可以了嗎？」彼得不急，他有的是耐心，等待她做好心理準備。

「不可以。」趙雅依搖頭，她永遠都不可能做好準備。「但還是走吧！」

緊咬牙根，她跨出了第一步。

赤足踩進海水裡時，那冰涼襲來，她沒有興奮喜悅，而是戰戰兢兢。

彼得扶著她一步步的走下海，海水漸漸及膝、及腰，趙雅依是會游泳的，但此刻的她緊緊抓著彼得，全身不住的發抖。

「深呼吸，雅依。」彼得與她面對面，雙手緊握著她的手臂。「我數到三。」

他們只剩下頸部在水面以上，趙雅依抖得連水都產生漣漪了，數到三就潛進海面下，讓全身打濕，這是儀式。

趙雅依也這麼相信，只要她能夠過這一關，就沒有什麼再值得恐懼的了——一、二、三——噗嚕嚕！

她把頭潛進了海底。

冰涼瞬間席捲她身上每一個細胞，喚起的是當年那慘痛的記憶，渾濁且深不見底的水，水底下有樹枝有破木板有各種物品，刮得她皮開肉綻，在水裡翻滾的她不知道撞到什麼，被水流衝撞導致右手骨折還穿破肌膚，斷掉的骨頭上纏著落葉殘渣！

尖叫恐懼都不足以形容在水裡翻滾的那幾秒，那比幾世紀還要漫長！

她這輩子都忘不掉的恐懼——趙雅依倏地睜開眼，她要看的是清澈湛藍的大海與最愛的男人！

映入眼簾的，是個男人，但卻是個全身都因泡水腐爛，眼窩空無一物的人！

「哇呀——」她驚恐的鬆手大叫，腳底倏地一股水流瞬間將她往下帶！「不不——不——」

驚恐的掙扎讓她肺裡的空氣不停往外吐，噗嚕嚕的雙手掙扎揮舞，但在水裡能抓住什麼？她一路被向下拖，她甚至覺得腳上有雙手似的，將她向下扯！

時間彷彿回到了五年前那一刻，趙雅依激動的在水裡掙扎！

不！彼得！彼得！

『妳回來了……』驀地，一股聲音傳入她耳裡。『你們終於回來了……』

咦？趙雅依停止了動作，肺裡的空氣終將告盡，她漂浮在藍色的海底……

海流由旁劃破寧靜，一雙大手抓住了她纖細的手腕，將她向上拖拉，噗嘩的瞬間衝出海面！

「雅依！」彼得緊張的搖著她，「別嚇我！」

她被拖回岸上，他們還在沙灘的範圍裡，那最多只深及三公尺而已，雅依怎麼會溺水？

剛上岸，趙雅依就倒抽一口氣，跟著嗆出更多的水，拚命咳了起來——咳咳！咳咳咳！

「雅依！」彼得焦心的緊緊抱住她，「沒事了！妳沒事了！」

趙雅依癱躺在沙灘上，看著眼前深愛的男人，腦袋一片混沌……

「你……你怎麼可以放開我！」下一秒，她氣得尖叫，亂拳落在他身上。「你放開了我！有人把我拖下去了！拖下去了——」

彼得錯愕非常，連忙抓住趙雅依的雙手。「妳在說什麼？雅依？是妳鬆開我的啊！」

「我怎麼可能鬆……」趙雅依才在大吼，霎時想起那腐爛的男人，她鬆開手……

「不不不，因為剛剛不是你抓著我，不是……」

「妳在說什麼？」彼得真的被嚇到了，「妳是不是被嗆昏了，還是？」

扶著趙雅依坐起身，她感受到兩旁的視線，路人紛紛問她怎麼了，不遠處奔來熟悉的身影，趙書全不可思議的衝了過來！

「姐！姐？」趙書全驚愕極了，「我聽說有人溺水了，居然是妳？這岸邊沒多深啊，妳怎麼溺的？」

「沒多深？我都被拖下去了！」趙雅依氣急敗壞的嚷著。

「就最多三公尺不到啊！」趙書全推了彼得一把，「喂，你把姐帶到多深的地方？」

彼得保持沉默，最終架不住趙書全的質疑。「其實不到三公尺，我們才走下去而已……」

不，不可能。趙雅依顫抖著搖頭，她覺得自己跟海嘯那天一樣，在水裡翻滾，她被往下拖了好久好久，那是深海，她應該是……

「我要回去……」哽咽的她偎向彼得，「我想回家。」

「好，我們這就回去。」彼得心疼的說著，後悔著不該強迫雅依下水。

站起身時，撐著沙攤的手卻壓到了硬物，趙雅依嚇得收手，趙書全好奇的撥開沙子一看，是個小小的菱形盒子。

「欸，挺精緻的耶！」趙書全高舉那盒子，像是較大的鍊墜，約五公分立體大小，深黑色的菱形立體盒。

趙書全拿在手上試圖打開，卻怎麼都推不動。「奇怪，這不能開嗎？」

趙雅依看著那盒子，略蹙起眉。「只是項鍊吧？我看看。」

伸手接過盒子，反覆把玩，她覺得似曾相識。

「我先送你姐回去，你自己小心，不要玩太晚。」彼得不忘交代。

趙書全說了聲好，確定姐姐沒事後，轉身就再往海邊去跟剛認識的朋友衝浪去了。

※　※　※

趙雅依下水的事，被媽媽叨唸了一晚，連帶彼得一起被罵，因為媽媽直覺就是彼得半強迫自己女兒做這件事。

「她就會怕，你幹嘛逼她？」在餐廳裡，父親聽聞都不悅了。「每個人都有不想面對的過去，我們重返這裡已經需要很大的勇氣了！」

「我沒逼她啊！」彼得也不算完全無辜，他的確用了另一種方式。

「爸，彼得不算逼我啦，是我自己想要突破的。」趙雅依連忙打圓場，「我不只是想回到這裡，我想要擊破自己的恐懼。」

「人有一兩樣恐懼算得了什麼？誰都有不想碰觸的傷口！」母親激動的死扣著叉子，指向玻璃外那瞧不見的海。「那個，就是我們的傷口！」

白天還能看到海景的玻璃，因著夜幕低垂，現下成了一面鏡子，倒映著飯店餐廳的內部，彼得看著倒影，看著雅依父母的怒氣沖沖。

趙書全明顯的露出不耐煩，這種旅行他本來就不想要來的，他對當年發生的事沒有什麼印象，但為了紀念哥哥還是配合重返；父母的抗拒並不意外，因為打從姐一開始說要來時，他們便強烈的反對。

是拗不過姐跟未來的姐夫才勉為其難的回來的。

「媽，沒關係，是我自願的。」趙雅依冷靜的說，「我害怕我恐懼，但我不想這樣躲一輩子，這是我的選擇！」

「哼！」父親驀然起身，甩下膝上的餐巾，不願再用餐轉身朝廳外走去。母親來不及喊住丈夫，正首用責備的眼神看著趙雅依後，也跟著父親離開。湯匙鏗鏘一聲落在盤子裡，「好了吧！好好的一頓飯也能鬧成這樣！」這下換趙書全不爽的扯著嘴角。

「所以最好什麼都不說不談，維持假象的幸福快樂就好嗎？」趙雅依尖銳的問著弟弟。

怎知趙書全瞅著她，現出一抹冷笑。「如果我說是呢？」

「書全！」彼得不解的蹙眉。

「活著的人很辛苦，背負痛苦回憶的不是只有妳！全都是爸媽的孩子，他們怎麼可能不難過？」趙書全不耐煩的說著，「不是一定要突破走出去才叫很厲害好嗎？大家開開心心的過每一天不好嗎？」

「那叫逃避現實！」

「那又如何？人生這麼短，逃避也是他們的事，重點是開心就好。」趙書全不爽的起身，餐巾不客氣的朝桌上一甩。「反正不管做什麼，哥都不會回來了！」

弟弟忿忿的離桌而去，服務生們不敢貿然上前，這家人明顯起了口角，一個個接連離去，此刻他們誰都不適合過來整理。

趙雅依看著弟弟轉身消失在走廊盡頭，忍不住酸楚襲上，掩鼻忍住淚水。

「好了好了，沒事！」彼得安慰著她，「或許我們……都太主觀了。」

剛剛弟弟那句話點醒了他，是啊，不管他們面不面對過往，他們的哥哥是不會回來了……

趙雅依側首抹淚，猛一瞧見玻璃窗倒映著的自己的對面，竟坐著渾身濕透的人，穿著熟悉的T恤——是哥哥！

「咦！」她僵住了身子，驚恐的看向對面父親空著的椅子，重新再看向玻璃倒影時，已經沒有了男孩的身影！

那是哥哥！那是他最愛的黑色T恤！因為那是他喜歡的球星的背號T恤！

「雅依?雅依？」彼得察覺出她的不對勁，「妳怎麼了?為什麼抖成那樣？」

她兩眼發直的望著對面的空位，這次不敢再光明正大的看向玻璃，只敢用眼尾餘光偷偷瞄著……沒有任何人影，位子是空著的。

「我……我不想吃了。」趙雅依揪緊男友的手，「我們離開好嗎？我想回房間了！」

「好。」不多問，彼得立即陪著趙雅依離開。

那是哥哥……趙雅依滿腦子都是弟弟剛剛的低吼聲：不管做什麼，哥哥都不會回來了……嗎？

※　※　※

滴答……滴答……

女人皺著眉，抬頭看向了天花板，再狐疑的朝著冷氣出風口看過去。

「看什麼？」坐在床頭的丈夫抬首，留意到她的動作。

「好像在漏水啊！」女人掀被下床，「沒聽見滴水聲嗎？」

「有嗎？」男人是真的沒聽見，虛應一下故事，眼神重新落在書上。

女人仔細檢查了冷氣出風口，的確不見任何濕潤，但是她總覺得聽見了滴水聲傳來，滴答滴答的令人耳根難以清靜。

重新回到床上，擦著身體乳液，眉宇間鎖著重重心事。

「我想跟雅依說，明天我不去。」她良久吐出鉛一般的句子。

男人拿著書的動作略頓，「我也是。」

女人回眸，朝著丈夫淺笑，那是抹苦笑，但彼此心照不宣；她拿起手機，傳了訊息告知趙雅依，明天那些水上活動，他們兩老都不參加，只想靜靜的待在VILLA裡放空。

他們誰也不想再去接觸海，甚至如果時光倒流，她該更堅定的拒絕雅依重回海嘯現場的提議。

「睡了吧！」她輕聲說著，和衣拉著被，鑽入了被窩裡。

「嗯。」丈夫應著，「再兩頁。」

女人闔上雙眼，心卻難以平靜，房間比過去更大更舒濕，床也是如此柔軟，前一刻還躺在這大床的寧靜，下一刻就遭逢了大水沖破玻璃的驚恐；尖叫聲此起彼落，她連水怎麼沖進來的都記不清了！

她只記得在水擊破玻璃前的事……

現在，就算這房間再平靜，她也難以入眠。

啪，聽見丈夫將床頭燈關掉，房內陷入了一片黑暗，床榻跟著一沉，被子的沙沙聲傳來，丈夫也睡下了。

滴——答——夜裡的寂靜，讓水滴聲更加明顯。

女人皺眉，厭惡著這惱人的聲音。「嘖！」

她嫌惡的嘖了聲，試圖再度下床，但手才觸及被子，卻突然感受到一手的濕，手指甚至摸到了某個黏滑的物品！

「什麼？」她嚇得縮手，將那東西朝地上扔去！

「怎麼了？」才睡下的丈夫不耐煩的問。

「被子是濕的！」她嚷嚷著，撐起身扳動開關……啪、啪噠啪噠，燈不亮了？

「燈壞了？」

慌亂的拿過手機當照明，打開手電筒的剎那，她都傻了！

他們的被子上，滿布的沙礫與海草，剛剛那被他甩下地的正是其中一種海草！

她驚恐的拉著身邊的丈夫，丈夫起身也不可思議看著他們被上的狀況，被子彷佛被浸濕，而且那冰涼正逐漸穿透被子，觸及他們的肌膚！

「哇！」女人嫌惡的把被子全踢下床，那冰冷的濕意令人發顫，為什麼被子會濕掉！

「搞什麼？」丈夫也抓過手機，試圖照亮房間，順腳踢下的被子沒落上地，反而「飄」在了床邊。

咦……看著黑暗中的被子飄在空中床腳邊，男人試著把光線朝床邊照，赫然發現被子，漂在水面上！

他們的房間淹水了！而且就快淹上床面了！

「怎麼回事？為什麼會有水！」女人慌張的跳起來，踩在床上，晃動手機照向一屋子的水，所有家具跟他們的行李全數都漂起來了

「打電話給雅依！」丈夫喝令著，「為什麼會淹水……」

突然間，五年前的記憶盡數湧現，海嘯肆虐過的每個角落，所有東西都曾經浮著，每個房間都淹滿水……

丈夫開始恐懼，總不會又有海嘯來了吧？「出去，現在水深不過及膝，快點走！」

他的手機照向門口，催促靠近門口的妻子快點下床。

光線一照，卻照到了不知何時站在門前的身影。

黑色的、繡著23背號的T恤，戴藍色棒球帽男孩就站在那兒，凝視著他們。

『爸爸……媽媽……』男孩幽幽的咧開嘴笑了，他的嘴裡跟著吐出一大灘一大灘的水，『我回來了……』

※　※　※

擦著濕髮走出浴室的趙雅依一整晚都惴惴不安，她看見擱在窗上的菱形墜子，她真的覺得在哪裡見過。

手機傳來訊息，她坐回床上察看，眉頭跟著一皺。

「怎麼啦？」彼得瞧見了她的神態有異。

「爸媽明天想待在飯店裡。」她無奈的說著，「跟我預料的差不多。」

「就別勉強他們了！」彼得溫柔的搓搓她的背，「問問弟弟要不要去，不然我們三個就好。」

嗯……趙雅依點點頭，也只能點頭，的確不該強迫父母去面對那痛苦的過往……但是……

「彼得。」趙雅依轉過身，慎重的拉住他的手。「你相信有……那個嗎？」

「嗄？哪個？」

「Ghost？」她刻意用了英文。

彼得一怔，失聲而笑。「為什麼突然問這個？」

「我……」趙雅依欲言又止，她該怎麼說？她覺得看見哥哥了？怎麼聽都覺得很離譜，但是她拒絕相信自己是眼花。

那太真切了！而且她怎麼可能無緣無故產生幻覺？

沒正面回答男友的問題，彼得自然覺得奇怪，但是再問了一次後，趙雅依卻保持沉默，他也就不再逼迫她。

留意到她剛剛注視著櫃子上的菱形方塊，他亦好奇的走過去，拿起來把玩。

「這東西很別緻，看起來是大墜子，但又像迷你盒子。」彼得把它當作魔術方塊式的把玩，「這還是鋼做的，質感很好啊！」

「也可以當鑰匙圈……吧……」

鑰匙圈！趙雅依雙眼一亮，她想起來了！那是鑰匙圈，她曾看過一個一模一樣的，掛在叔叔腰上！

「那年跟我們一起遭遇海嘯的叔叔們！他們都有這樣一個鑰匙圈！」趙雅依興

奮的衝到櫃子邊，接過菱形墜子，但旋即一怔。

那會是誰的？如果是曾叔……他五年前就已經在海嘯裡往生了啊，他們一家只剩下最小的女兒而已，其他人至今仍被列為失蹤人口；陳叔跟王叔的還在，爸的倒是也在海嘯後不見了！

所以只可能是曾叔的，但曾叔的鑰匙圈，在五年後的沙灘上被她撿到了？

「其中一個叔叔嗎？」彼得當然知道當初他們是四家人一起來玩的，都是她父親的好友們。

「對，那是他們象徵友情的禮物，大家一人一個。」趙雅依有點兒不舒服了，「但爸爸的當年也被海水沖走了！」

「好兄弟的信物嗎？」彼得覺得有趣，「欸，妳看這邊……妳指甲比較長！」

他指向菱形方塊一邊微妙的縫隙，示意趙雅依用指甲摳摳看，她小心翼翼的一扳，居然打開了其中一面——這真的是個盒子。

盒子裡塞著一個夾鏈袋……彼得抽出那個夾鏈袋時，兩人都愣住了。

白色的粉末就在夾鏈袋裡，這東西怎麼看都知道是……毒品？

「這不妙，被抓到的話，在這個國家可能會被處以死刑的！」彼得嚴肅的板起臉，轉身拿著白色粉包朝洗手間去。「我們要立刻丟掉！」

「等等……等等——」趙雅依焦急的拉住他，「你把它塞回墜子，我們丟掉整個墜子才對！」

「雅依，萬一今晚……」

「為什麼有這個萬一？我們又沒犯法，警察不會進來啊！」趙雅依搶下了夾鏈袋，「你要是沖到馬桶裡，萬一被驗出來，就會變成我們湮滅證據！」

她焦急的把毒品塞回菱形方塊裡，其實她還有另外的私心——為什麼裡面會放這種東西？這個不是爸爸的就是曾叔的……

用力蓋上菱形方塊的瞬間，喀噠一聲，不知道壓到了什麼，菱形方塊的對應面居然可移動。

趙雅依將菱形方塊轉過來，發現另一面有個 USB 接頭。

彼得不再說話，逕自把東西拿到手上，仔仔細細的反覆端詳；趙雅依很焦心，她一顆心狂跳，總覺得不應該去探究這個物品。

她跟彼得現在應該立刻馬上把這個東西丟到海裡去才對。

最後，彼得發現了整個菱形方塊不僅是隨身碟、還是個微型錄影機，他指著看似裝飾品的鏡頭，微瞇起眼。

「妳爸跟他好友的紀念物好特別。」他已拿出筆電，準備插上方塊。

「等等！」趙雅依緊張的拉住他的手。

彼得一怔，他很想看，非常非常想，但是……這畢竟不是他的東西，他沒有資格。

「對不起，我不該……」

「沒關係！對……沒關係……」趙雅依嚥了口口水，「不看我會後悔！」

握著彼得的手，他們一起把這神秘的隨身碟插了進去。

※　※　※

趙真維確實先去衝浪，但是父親與好友昨晚喝了整夜的酒，沒有回來，實在很令人擔心，雖然媽媽總說爸玩瘋了就是這樣，他還是放不下心，衝浪到一半還是先回到旅館，想去找找。

他也試著去找叔叔們，結果阿姨們都說叔叔沒回來，看來男人們還真的另外找地方聚會狂歡了。

趙真維只是輕笑，準備再要前往沙灘時，卻看見了走路踉蹌、搖搖晃晃的曾叔。看起來醉得不輕耶！他才準備上前攙扶，曾叔卻停在陌生房間前敲了門；結果開門的是個衣不蔽體的辣妹，上空著身體，手一勾便將曾叔一把勾進了房裡。

趙真維傻了！他呆呆的貼在門板上，聽見裡頭是令人臉紅心跳的聲音，而且不止兩個人，是很多人聲……腦海裡浮現許多下流的畫面，因為他還聽見了其他叔叔的聲音，但他拒絕相信父親也在裡面！

這是雜交派對嗎？聽著那淫聲浪叫，趙真維紅著一張臉，衝回了自己房間！

他必須要跟媽媽說，在房裡緊張得坐立難安的他下了決定，有什麼事就是親眼看見、當面說清楚才準確，憑空臆測是錯的！

趙真維咬牙打開兩間套房的中隔門，「媽——」

向來溫柔賢淑、愛家愛夫的母親此刻正在床上與另一個男人緊緊交纏，嬌喘連連，而那個男人——是他的導師。

轟！好像有道雷在趙真維耳邊炸開，母親與老師同時驚恐的看向他，誰都無法動彈。

來不及思考，來不及怒吼，趙真維第一時間選擇旋身奪門而出！

「真維！」母親推開身上的男人，焦急喊著。

不不不——趙真維腦子一片混沌，那是假的，老師為什麼也會在普吉島，為什麼會在媽媽身上，他們兩個……不不！

男孩無法承受，踉蹌心慌的直衝向曾叔剛剛進的房間。

還沒逼近，腳底震動，他錯愕的望著雙腳，再回眸一看，從走廊盡頭的玻璃窗看出去，看見了漫天巨浪、一棵棵倒下的樹，還有可怕的尖叫聲——

「哇——」

衝擊襲來，一陣天旋地轉，刺痛與冰冷的水同時到來，水沖破了玻璃、沖破了房間與房門，再堅固的建築在大自然面前完全不堪一擊。

男孩意識清明時，都不知道自己在哪裡，他不停的咳著，水嗆得他眼鼻都難受，撐起身子環顧四周，卻發現不遠處的叔叔們以及……父親？

趙成丞一絲不掛的趴在地上，他的身下蜷縮著妖嬈也裸身的辣妹，正在尖叫。

「不要叫！閉嘴！」他低吼著，「怎麼回事！」

「不知道……水……海嘯嗎？」王叔的聲音傳來，「幹！我的藥呢？」

「藥都不見了啊！」曾叔嚷著，「老趙，你旁邊的櫃子還在，看看藥還有沒有！」

趙成丞厭煩的把身下的女人甩開，看著一屋子的家具損毀大半，水淹及膝，甚至還在陸續流進來，玻璃窗與牆都破了，幸而角落的櫃子紋風不動，他打開櫃子，喜出望外的拿起放在上面的小包。

「還在！」

「一定是地震的關係！引發海嘯了！」陳叔嚷嚷，「快點穿好衣服，出大事了，我孩子不知道怎麼了！」

「藥怎麼辦？」趙成丞急著問。

「喂，錢呢？」好幾個女孩身上都流著血，但沒忘記自己的辛苦錢。「八個人，說好的錢！」

「人都快被沖走了還在要什麼錢！等等再給妳們！」曾叔打發著她們，「我又不是第一次叫妳們了……」

「誰曉得你們會不會賴？」

「拜託，命都快沒了還在那邊跟我說錢！滾啦！」王叔不客氣的出手，狂揍要錢的女子。

「快點！我要回去看孩子！藥怎麼分！」陳叔急得很。

「大家平分，我們……」趙成丞才在說，一抬頭卻愣住了。

男孩站在已裂開的門框前，不可思議的看著他最親愛的父親、看著他長大的叔叔們，還有多個性感婀娜多姿的辣妹，屋子裡無一人穿衣，赤身裸體的沾滿了泥水。

還有，父親手上那個旅行小包裡，有一堆白色粉末的夾鏈袋……

「……真維？」趙成丞愣住了，為什麼他會在這裡！

少年再度回首，他還是只知道逃！

但是，這一次的男人們不如他的母親，會坐視他的逃離。

趙成丞首先追上他，扯住了他的手，男孩驚恐的狂叫、掙扎，其他房間的客人陸續恢復意識，也聽見聲音即將步出，這情景嚇得曾叔由後勒住了少年，把他拖進了房間裡。

「不要這麼用力！」

「放開我！放開——噗嚕……」

「真維，你冷靜點！你這樣我們無法溝通！」

「為什麼他會在這裡？」

「不要再動了！真維！」

接下來就是一連串的掙扎與低吼，連要好好說話都很難，少年不敢相信那個模範父親、身為校長的父親，居然是個吸毒又玩雜交派對的男人！

又一陣海浪湧進，傳來陣陣涼意，彷彿在瞬間喚醒了男人們。

在看不清的汙水下，躺著男孩平靜的身體，趙成丞驚愕萬分的縮回雙手，不敢置信的看著再也不會動的兒子。

「真維？」

曾叔正鬆開要掩住少年口鼻的大手，他只是……希望他不要繼續叫而已。

一抬頭，四個大男人面面相覷，陳叔收回了扣住少年雙臂的手，王叔也鬆開了少年的腳，女人們早不知何時逃離了，破敗的房裡只剩下他們，和……那躺在汙水下的少年。

陳叔二話不說，率先跳起。「我們今天沒到過這裡，我們什麼都不知道！」

「可是……」王叔僵了。

「海嘯會帶走一切的，不會有人知道的！」陳叔說著，抓過了夾鏈袋就往外走。

「這是天意！最完美的犯罪！」

大水陸續湧進來，夾帶著家具與樹枝，早晚壓垮飯店、沖毀一切……一個沒有跡證的犯罪現場，能抓到誰？

剩下的男人們不再說話，各自火速換好衣服，拿走各自的毒品後，朝妻兒房間走過去——回去之後，他們就是好爸爸與好父親！

中間又有幾次大水襲擊，那是人間地獄的混亂，曾叔自始至終都沒回到妻兒的房間，成為失蹤人口；老陳跟老王之後亦不再聯繫，大家各自均有失去家人，這成為一個完美的藉口，因為看見彼此會想到悲傷的過往，大家也就漸漸的不再聯繫了。

但趙成丞知道，只有他知道……他的長子那時沒在海灘、他不是被海嘯捲走的，是他、是老曾、老王跟老陳一起，聯手殺了他！

他死都不會說出那天的事情，妻子也一直認定，兒子是因為在衝浪，首當其衝被海嘯帶走的！這應該是此生的秘密啊！

冰冷的海水打上腳，男人大夢初醒般的顫了一下身子。

「咦？」趙成丞不明所以的看著黑色的大海，身邊的妻子還因為驟醒而缺乏平衡感的倒在他身上。

「怎麼……為什麼我們在這裡？」女人嚇了一跳，他們……走進海裡了？

「不知道……我們夢遊嗎？」趙成丞邊說，記憶飛快恢復。「不對，剛剛我們在房間裡，我們看見——」

看見真維了啊！

『爸爸，媽媽。』森幽的聲音響起，來自於……水底。

一對父母僵了住，他們來不及上岸，面對面的看著彼此，看著中間的水面開始冒泡，噗嚕嚕嚕……一顆人頭緩緩的浮了起來。

他有著死白的臉龐、沒有眼珠的眼窩，還有頸子間那顯而易見的勒痕。

『我回來了喔！』

※　※　※

彼得緊緊抱著趙雅依，也無法溫暖她悲傷冰冷的心，趙書全不可思議的蹲在一旁，警方已經確定沙灘上兩組他們父母的腳印，他們是筆直且毫不猶豫的走進海裡的。

「我們會盡量去找的。」警方說著，「但是昨天是漲潮，所以……」

趙雅依沒說話，埋進男友胸膛，彼得向警察道謝，否則也不知道該說什麼。

「他們不可能自殺的，他們怕水！」趙書全不可思議的怒吼著，「莫名其妙的怎麼可能會自殺！」

是啊，怎麼可能？趙雅依也不信。

如此恐懼大海的父母，怎麼可能會走進海裡？

「或許，」警方語重心長，「傷痛之處，不一定要重返，對吧？」

趙雅依看著明媚的大海，圈著自己的雙臂更緊了，她有一大堆的疑問想問，卻再也問不出口了。

那菱形方塊裡，是不堪入目的雜交派對紀錄，裡面是父親與三位叔叔，還有他們吸毒的狂歡，她完全不敢相信父親會是這樣的人！

她原本想要質問父親，一夜未眠的好不容易捱到早上，想著該怎麼避開母親，去敲門卻發現沒人回應，在飯店內遍尋不著且失去聯繫後，只好請房務來開——房間裡卻早已沒有他們的身影，只有滿房間地上的沙子與海草。

然後，有人發現他們的鞋子留在漲潮處不遠的沙灘上，清晰的腳印一路朝著大海裡去。

「沒事的！會沒事的！」彼得盡力的安慰她。

趙雅依上前抱住了哭泣的弟弟，成山的謎團瞬間失去了能解答的人……或許找陳叔與王叔嗎？他們看到這個錄影會怎麼對她解釋呢？

她要一個答案嗎？

被淚水模糊的視線突然看見海裡載浮載沉的人，趙雅依倏地僵直身子，不可思議的看向遠方，直接衝了上前——哥哥？

「雅依！」彼得及時拉住了她。

「哥……」她不會看錯，那是哥哥……哥哥？他還朝她招了手啊！為什麼哥哥會……在某個瞬間，趙雅依的心突然清明起來。

哥哥回來了？

打了個寒顫，她下意識握緊了藏在口袋的菱形方塊……撿到這個，不是偶然。

是哥哥嗎？哥哥帶走了爸爸媽媽！

她不知道為什麼，突然覺得不需要知道了！這些謎團或許就讓它們成為永遠的謎，因為……哥哥回來了，而哥哥是最會保護她的人，對吧！

彼得摟著她，她帶著弟弟，一同走在沙灘上，遠離了警方，遠離了封鎖線，找到一個無人的海邊，趙雅依從口袋裡拿起了那個菱形方塊。

高舉手，狠狠的拋了出去——

「那是什麼？」趙書全不解的問。

趙雅依迎著海風，淚流滿面。「真相。」

「什麼？」弟弟不解的問著，「什麼真相？」

趙雅依望著弟弟，哭著也笑了，她摟過弟弟，彼得抱住了他們兩個，什麼話都不必再說。

書全不是說過了嗎？逃避又怎樣？人生苦短，自己快樂就好。

真相，便再也不重要了。

※ ※ ※

自殺的屍體尚未找到，但時間已不容許等待，趙雅依收拾了行李，留下聯繫方式，只能希望警方找到父母屍體時能通知他們。

雖然她覺得，應該也找不到了。

因為爸媽跟哥哥在一起了吧。

行李早上了車，在度假村入口等待他們，趙雅依站在海邊，望著燦爛的太陽、湛藍大海與白淨沙灘，眼神飄遠了。

「要再去游泳嗎？」彼得走上前問著。

「不了。」她低首苦笑。

這裡承載了太多悲傷的回憶，她不想再碰觸了。

男孩難受的衝到海邊，氣急敗壞的嘶吼著：「巴東海灘最爛了！」

又氣又難過，趙書全抹著淚走回來，姊姊輕輕拍拍他的頭，一同閒步走到外頭去，接送車子正在等待他們。

一棟棟小木屋在旁，彼得說著這是這些度假村的高級區，整個大沙灘上面只有四棟小木屋，小木屋前方還設有石桌跟烤肉區；有人已經在烤肉，還有人泡在海裡，笑著說等等要抓魚吃。

迎面走來一群帶著行李的人們，應該是新住客啊！有個漂亮的女人順手拉過了朋友的行李就走！

「走吧！安！」

他們與趙雅依擦肩而去，她最終回頭望向了這美麗的海灘。巴東海灘，她再也不想來了。

The End

後記

事隔十年，寫《海魂》的後記多了許多感觸。

轉眼間，可怕的南亞大海嘯已經十五年了，爾後拍成電影《浩劫奇蹟》，二〇一三年上映，至今又過了六年，我的小蜘蛛也長大……嗯，咳！我是說演員也已經長大了嘛！

唉唷，小蜘蛛太可愛了，現在提到海嘯我就會想到《浩劫奇蹟》電影裡那個可愛的他，這麼多年過去了還是一樣可愛啊！

言歸正傳，當年的海嘯相當駭人，滿布沙灘的屍體至今令人難以忘卻，多少人天人永隔，當然也有消失多年重逢的例子，但根本微乎其微。

人定勝天是樂觀並且鼓勵人的話語，但我依舊不信人定勝天，人，怎麼可能抵抗得了大自然[1]？

從早期災難片的《明天過後》開始就已將講述了一切，人類就像地球的癌細胞，迅速擴散蔓延而且加速汙染，是讓地球生病的元凶；我們現在面臨的溫室效應、氣壓帶北移，各種極端氣候的形成，便是大自然的反撲。

就算不是反撲，天然災害的地震，板塊擠壓只需幾秒的時間，就能讓大地面貌丕變，可以讓人流離失所，甚至毀掉一座山、一個島，這樣的力量，人類要怎麼去抗衡？

近幾年的天災，教會我們的該是更謙卑，在能力範圍內重視環保，好好的愛護地球。

《海魂》重新出版，新添加了一個小番外，原本想寫個短篇，結果一失手又增加了太多篇幅；海嘯的悲劇已發生，時光不會倒流，十五年過去，時間或許能沖淡悲傷，但無法改變歷史。

1.人定勝天有一說為成語使用謬誤，源出南宋詞人劉過的〈襄陽歌〉：「人定兮勝天，半壁久無胡日月」，兮為語助詞無義，「人定」指「人謀」，因此本該為「人定」才「勝天」，我自己解釋為命運是掌握在自己手上，好好規劃比天命重要。但後來「人定兮勝天」變成「人兮定勝天」，整個感覺扭轉了。

但是，在那一天的海嘯衝擊時，會否有特別的事發生，只是恰好被海嘯掩蓋呢？而對於那些失蹤的「人」來說，回家的路，很漫長……番外便是由此發想的。

最後，感謝購買這本書的您，購書是對作者最直接的支持，沒有購買，作者便無法支撐下去。謝謝您！

笭菁

異遊鬼簿

海魂

等菁作品37

作者　等菁
封面繪圖　Cash
美術設計　三石設計
總編輯　莊宜勳
主編　鍾靈
編輯　黃郁潔

出版者　春天出版國際文化有限公司
地址　台北市大安區忠孝東路四段303號4樓之1
電話　02-7733-4070
傳真　02-7733-4069
E-mail　frank.spring@msa.hinet.net
網址　http://www.bookspring.com.tw
部落格　http://blog.pixnet.net/bookspring
郵政帳號　19705538
戶名　春天出版國際文化有限公司
法律顧問　蕭顯忠律師事務所
出版日期　二〇一九年十一月初版
　　　　　二〇二〇年十一月初版六刷
定價　210元

總經銷　楨德圖書事業有限公司
地址　新北市新店區中興路二段196號8樓
電話　02-8919-3186
傳真　02-8914-5524

國家圖書館出版品預行編目資料

異遊鬼簿：海魂／等菁作. --初版. --臺北市：
春天出版國際, 2019.11
　面；　公分
ISBN 978-957-741-240-9 (平裝)

863.57　　　　108017004

ISBN 978-957-741-240-9
Printed in Taiwan